ALFAGUARA

# Primos

*Virginia Hamilton*

Traducción de Amalia Bermejo

TITULO ORIGINAL:
*COUSINS*

Del texto: 1990, Virginia Hamilton
De la traducción: 1993, Amalia Bermejo
De esta edición:

1993, Santillana, S. A.
Elfo, 32. 28027 Madrid
Teléfono 322 45 00

• Aguilar, Altea, Taurus, Alfaguara, S. A.
Beazley 3860. 1437 Buenos Aires

• Aguilar, Altea, Taurus, Alfaguara, S. A. de C. V.
Avda. Universidad, 767. Col. Del Valle,
México, D.F. C.P. 03100

I. S. B. N.: 84-204-4747-1
Depósito legal: M. 38.497-1993

Primera edición: septiembre 1993
Primera reimpresión: enero 1994

Una editorial del grupo **Santillana** que edita en:
España • Argentina • Colombia • Chile • México
EE. UU. • Perú • Portugal • Puerto Rico • Venezuela

Diseño de la colección:
José Crespo, Rosa Marín, Jesús Sanz

Impreso sobre papel reciclado
de Papelera Echezarreta, S. A.

*Printed in Spain*

**Primos**

# La Residencia

## 1

¿Oyes eso? —preguntó Camy a la abuela Tut—. El señor Vance está construyendo una pocilga. Y pide que le ayudes.

Le pareció oír a la abuela Tut reírse débilmente. Pero no estaba segura. La abuela estaba en la cama junto a la ventana. Y el sonido parecía el de un gallo que cantara al otro lado del corral.

Tut no volvió la cabeza para saludar a su nieta. No se movió.

Camy cruzó la oscura habitación y encendió la luz de encima del lavabo. Fue de puntillas hasta la cama, se encaramó en la barandilla lateral y se inclinó. La abuela Tut tenía los ojos cerrados. El olor de aquel lugar, el olor de los viejos, subió hasta su nariz. Camy estampó un gran beso en la mejilla de su abuela.

—¡Ya está! Te lo planté, abuela. No te lo laves ahora. Déjalo crecer.

Había algo en su abuela que hacía brotar lo mejor que había en Camy. La abuela no podía lavarse la cara sola.

—Pobre viejecita —decía la madre de Camy.

«No eres una pobre vieja», pensó Camy mirando a su abuela. Tocó las arrugas en la mejilla de la abuela.

—Tú eres mi abuela y necesitas que te apretuje la cara de vez en cuando.

Ahora, Camy no se apretaba contra la abuela, pero lo haría antes de irse. La abuela siempre gritaba cuando lo hacía, pero aun así le gustaba.

—¿Abuela? —Camy se inclinó un poco más. La abuela Tut seguía con los ojos cerrados—. No estás muerta todavía, ¿verdad?

Durante un momento, Camy contuvo el aliento. Pero entonces, Tut hizo una mueca y dijo débilmente:

—¡Te engañé! —y abrió mucho los ojos.

Era un juego que Tut jugaba con Camy, y lo llamaba «Hacerse la muerta y bien muerta». La abuela Tut pensaba que era divertido. Generalmente estaba medio despierta cuando venía Camy y al oír a su nieta acercarse de puntillas se ponía enseguida a jugar a muerta y bien muerta.

—No se lo digas a Maylene —decía Tut. Maylene era la hija de la abuela Tut y la madre de Camy—. No tiene ni pizca de humor.

Nunca jugaban cuando había alguien alrededor.

—Abuela, no me engañaste —dijo Camy sonriendo—. Yo sabía que estabas aquí y también que siempre vas a estar.

—Calcula el tiempo que he estado aquí —murmuró Tut.

—¡Noventa y cuatro años! —exclamó Camy.

—No tanto, no tanto —dijo Tut suavemente.

Camy cambió de tema.

—Abuela Tut.

«¿Qué, cariño?» La garganta de Tut se movió, pero no tenía la fuerza suficiente para hablar.

—¿Has oído lo que te he dicho? Otha Vance está haciendo por él mismo una pocilga.

«Por sí mismo, por sí mismo... No por él mismo», pensó Tut. «¿Es que ni Maylene ni esa escuela te enseñan a hablar?»

—El señor Vance dice que necesita ayuda —explicó Camy—. Tú y yo podíamos ayudarle, si quieres.

Camy sabía bien que eso no podía ser. El señor Vance vivía también en la Residencia. Camy sabía que no construiría una pocilga, ni la abuela Tut podría ayudarle a nada. pero era parte del juego, como cuando decía a la abuela «¿Qué has hecho hoy?». Y la abuela Tut contestaba: «Estoy agotada. He limpiado toda la casa», cuando todos sabían que estaba postrada en la cama la mayor parte del tiempo. Tampoco tenía casa ahora.

—¿Has oído lo que te he dicho, abuela?

Esta vez, Tut consiguió articular las palabras antes de que las fuerzas la abandonasen por completo. Todas las mañanas, después del desayuno, acumulaba energía para la visita que Camy le haría más tarde, pues la niña hablaba por los codos.

Tut abrió sus secos labios:

—Dile a ese viejo chiflado que él nunca hará otra pocilga... ni tampoco se revolcará en el estiércol —dijo Tut. Su voz era poco más que un susurro, pero cobraba fuerza cuando tenía algo que decir.

—No me gustan los cerdos —dijo Camy.

—Pero te gusta cómo crujen las costillas de cerdo al morderlas..., y su sabor en la boca —murmuró Tut.

—Y con pan bien caliente, untado de mantequilla ¡Ohhh...! —suspiró Camy.

—Mi madre ha guisado su última comida en este mundo —había dicho un día Maylene, la mamá de Camy, acerca de la abuela Tut.

Todos echaban de menos las comidas de la abuela Tut. Al principio, antes de ir a la Residencia, ya no podía cocinar y se quedaba sentada en la cocina. Maylene empezó a cocinar con Tut a su lado.

—Pon un poco de ketchup y harina en el pollo. No necesitas freírlo, Maylene. Haz lo que te digo —le decía Tut—. Ponlo en el horno con un poco de vinagre y miel, nada más. Nunca escuchas lo que te digo.

Maylene lo hacía a su manera. Decía que no podía soportar la idea del ketchup y el vinagre. Lo freía todo. Aun así, el pollo que hacía estaba bueno, pero grasiento.

«No tan bueno como el que hacía la abuela en el horno», pensaba Camy. «No había nada mejor, estaba para chuparse los dedos.»

—Yo siempre pongo un poco de amor y besos en mi comida —decía la abuela.

—Quizá puedas hacernos algo rico para Navidad —suspiró Camy. Y después—: ¿Estás dormida?

Tut se dormía y se despertaba fácilmente. La boca se le quedaba floja, como colgando a un lado de la cara.

—El pollo no es comida de Navidad —dijo Tut, completamente despierta de pronto.

Había estado pensando en sus cortinas de verano. «Sería mejor levantarlas, y también las persianas», pensaba. «Levantarlas después de amanecer, antes de que yo empiece a amasar. ¿En qué mes estamos? ¿Donde estoy?»

Camy se sorprendió al oír la voz de la abuela tan joven y fresca.

—Lo que te hace falta es pato y pavo... para Navidad, como en los viejos tiempos —dijo Tut, acordándose de su abuelo Sam cazando zorros. Cosas pequeñas y agradables.

—¿De verdad, abuela? ¿Vendrás a casa en Navidad y guisarás para nosotros? —preguntó Camy ansiosamente, sin recordar que la abuela era vieja y podría no vivir tanto tiempo.

—Niña... me agotas... en cinco minutos. He barrido la hierba... no... he barrido el porche. Quiero decir... la casa entera. Que más... ¿dónde está la luz? —con las últimas palabras la voz de la abuela tembló.

—¡Abuela! —dijo Camy. Sabía que a su abuela la ayudaban a levantarse de la cama dos veces al día, para la comida y para la cena. Observó atentamente a la abuela Tut.

Algunas veces la mente de la abuela tomaba un camino equivocado, decía Maylene.

Tut cerró los ojos y volvió a abrirlos. Su mirada no descansó hasta encontrar el retrato de su marido, Emmet, colgado en la pared.

Cuando Camy tenía cinco o seis años le llamaba abuelo Eme-y-Eme. A Tut le parecía muy gracioso.

Ahora Tut estaba susurrándole algo al retrato. Camy pensó que hablaba con ella.

—No hables, abuela, porque enseguida te cansas. Escucha nada más. Estaba diciéndote que el señor Vance quiere que le ayudes. ¿Le oyes ahí fuera? —continuó Camy—. ¿Oyes el chirrido de su silla? Yo creo que viene para acá. ¡Abuela! ¿Le dejo entrar?

—¿Lleva puestos... los pantalones del pijama? —dijo Tut. Hablaba con dificultad. Volvió los ojos hacia Camy. Algunas veces podía volver la cabeza, pero no la volvió entonces.

—Claro que los lleva. No le dejen andar por ahí haciendo el tonto —dijo Camy.

—Dicen que se quita toda la ropa en el pasillo —dijo Tut.

Hacía un mes ya que había ocurrido eso y no había vuelto a suceder, Camy lo habría oído comentar. La abuela perdía, a veces, la noción del tiempo. Aunque recordaba muy bien todo cuando quería.

—Déjale entrar —dijo Tut—. A lo mejor hoy me reconoce.

Camy salió a la puerta e invitó a entrar a Otha Vance. Habló pomposamente, pero en voz baja para no llamar la atención de las enfermeras.

—Mi abuela le recibirá ahora, caballero.

Otha Vance miró a Camy de arriba a abajo, pero no contestó ni una palabra. Entró en su silla de ruedas. Era un hombre pequeño, pálido y decrépito que llevaba puesto un sombrero de granjero, de paja y ala ancha. Tenía los ojos chispeantes y húmedos y ni un pelo bajo el sombrero. Iba sujeto a la silla de ruedas por una banda que le pasaba alrededor de la cintura, y se enlazaba a un arnés sobre sus hombros. El arnés y la cuerda estaban atados detrás de la silla.

Cada vez que Camy le veía, Otha parecía estar más encogido en la silla. Se paró junto al lavabo de la abuela para revisar la «casa». Miró el televisor a los pies de la cama. Estaban transmitiendo un programa de entrevistas. Miró a la manivela de la cama para hacerse idea de las condiciones en que estaba la abuela. La cabecera de la cama estaba levantada, para mantener los pulmones libres de líquido.

—¿Has pillado un resfriado? —gritó.

Nunca hablaba en voz baja. Tampoco esperaba respuesta y, además, no escuchaba. Por fin miró hacia la cama. Camy, que estaba de pie, junto a la barandilla, forzó el cuello de lado para observarle con suspicacia.

Rápidamente, Otha dio una vuelta alrededor de ella y la agarró de la cintura.

—¡Quita, viejo! ¡Ya sabía que ibas a hacer eso!

Había sido muy rápido. Camy se preparó para escupirle; Otha vio el movimiento de su boca y levantó la mano. Ella abrió la boca de modo que él pudo ver la saliva un momento. Él dejó caer la mano.

«Tengo once años», pensaba Camy. «Y sé que no debo lanzar escupitajos a un viejo granjero en silla de ruedas. ¡Pero él no sabe que lo sé! Mamá no me perdonaría hacer una cosa así y Andrew no sé lo que me haría.»

Andrew era el hermano mayor de Camy. Se ocupaba de ella casi siempre, si podía encontrarla. Nunca decía nada cuando ella se escabullía. En cierto modo era culpa suya, por no vigilarla bien. Si dijera a su madre que ella se había escapado, tendría que admitir que se había ocupado de ella sólo parte del tiempo.

Andrew tenía dieciséis años y era como de acero, en opinión de la gente. Pero Camy le conocía bien. Maylene había sido advertida por su hermana Effie de que Andrew podría estar bebiendo en exceso. Camy nunca había hablado de ello.

Otha lanzó a Camy una de sus miradas de ciego, aunque él estaba lejos de serlo. Llevaba unas gafas sin montura, con los cristales siempre tan sucios que bien podría haber sido ciego. Se caía cuando intentaba ponerse de pie y ésa era la razón de ir atado a la silla. Y estaba demasiado débil para seguir viviendo solo en su enorme granja. Se había caído demasiadas veces y no se podía levantar solo. Sus hijos le habían llevado a la Residencia.

—¿Tienes dieciséis centavos? —preguntó a Tut.

—¿Para qué, Otha? —dijo ella—. Y ¿no te olvidas de darme los buenos días?

—Abuela, por favor, si son más de las cuatro de la tarde —dijo Camy.

—Para coger un autobús y poder irme a casa —dijo Otha—. Te daré un dólar si llamas a la policía.

—¿Para qué? —preguntó la abuela sorprendida.

—Para arrestar a ese hijo mío. Por meterme aquí —dijo Otha.

—No hay autobús —intervino Camy—. El autobús pasa por aquí de tarde en tarde y no llega hasta tu casa. Además, han vendido tu casa.

—Lárgate de aquí, chica —dijo él—. ¡Enfermera! ¡Enfermera! ¡Esta niña anda enredando por aquí!

—Cállate, Otha —dijo la abuela.

—¡Cállate tú! No comprendo por qué todo el mundo está tan chiflado. Mi mujer ha estado fuera todo el día. Enfadada conmigo también —parecía triste al decirlo.

Maylene había contado a Camy que Otha había olvidado que su Betty había fallecido.

Su madre había dicho también que era muy extraña la forma en que Otha «se adaptó a su gravedad», fueron sus palabras. Sin previo aviso, empezó a dejar caer cosas y él mismo se caía mucho. Camy le había visto caerse una vez a la puerta de su «casa», que así era como llamaba a sus habitaciones en la Residencia. La mayor parte de los residentes tenían una «casa» completa para ellos. Algunos hombres compartían sus casas, que eran grandes habitaciones dobles. Pero una vez, sin saber cómo, Otha se lanzó fuera como disparado por un cañón. Atravesó el hall a toda velocidad. Golpeó con la cabeza la barandilla a la que los ancianos se aferraban cuando paseaban, los que podían pasear, y a la que se agarraban para impulsarse los que iban en las sillas de ruedas.

Otha no se hizo daño.

—Un granjero cabeza dura como ninguno —había dicho Maylene.

—Así que tú... Otha... ¿que andas haciendo ahora?

—Está haciendo una pocilga, ya te lo he dicho —dijo Camy.

—¿Quieres callarte? —dijo Otha—. Estoy hablando con tu madre.

—¡No! —dijeron Camy y la abuela casi al mismo tiempo.

Camy se estaba riendo a carcajadas cuando Lilac Rose, la mejor auxiliar del pabellón, se paró a la puerta para observar a los tres.

—Hay reunión, ¿eh? —dijo entrando para atender a la abuela Tut—. Hola, ¿cómo está esta tarde mi dama favorita?

Levantó las ropas y miró y tocó debajo de Tut, para ver si todavía estaba «cómoda», como ella decía. Camy sabía que eso quería decir seca. Volvió la cara para no ver lo que Lilac estaba haciendo, y al mismo tiempo bloqueó la vista a Otha.

—Hola, Lilac, te quiero —dijo Camy dulcemente.

Lilac sonrió y contestó:

—Hola, cielo. Yo también te quiero.

—No digas que estoy aquí, por favor —rogó Camy.

—No he visto a nadie —dijo Lilac alegremente—, no he oído nada.

«Nadie. Dios mío. No ha oído nada. Señor, Señor», pensaba Tut.

—Gracias, Lilac —murmuró Camy. Colocó su mejilla en el brazo fresco y moreno de Lilac mientras atendía a la abuela. A Lilac Rose no le importaba que ella viniera y nunca se lo contaba a nadie.

—Yo voy a decirlo —dijo Otha asomando por detrás de Camy.

—¡Otha, vete de aquí! No seas siempre tan malo —dijo Lilac—. A Tut le gusta que su nieta venga de visita.

—Bueno, también eso lo diré —dijo Otha—. ¡Nadie viene a verme a mí!

—¿Y quién tiene la culpa de eso? —preguntó Lilac Rose.

Otha no dijo nada. Quizá no había oído, porque retrocedió de espaldas con su silla hasta la puerta. De repente salió disparado y cruzó el hall. Mantenía los pies en alto, lejos del suelo, mientras las ruedas giraban hacia atrás. Golpeó la barandilla con fuerza y soltó uno de aquellos berridos de cerdo que Camy admiraba. Aunque no era tan ensordecedor como los de los cerdos jóvenes que traían a la feria regional.

Hubo un gran estruendo cuando la silla y Otha cayeron de lado a causa del impacto. El ruido en el fresco y oscuro pasillo originó mucho revuelo y gritos de «¡Socorro! ¡Enfermera! ¡Vengan a ayudarme!», sonaron por todo el pabellón.

—¡Vaya por Dios! —dijo Lilac en voz baja. Y siguió ocupándose de la abuela. Cambió las sábanas de Tut y la dejó de lado, cara a la pared. Después echó una mirada hacia el pasillo.

—Será mejor que te largues, Camy —dijo—. Dentro de poco, además, tengo que levantar a tu abuela para la cena.

La señorita Mimi estaba cruzando el hall en su silla de ruedas. Había salido de su «casa» para echar una ojeada y ver si Otha estaba bien. Llevaba el pelo recogido en un moño alto recién peinado y la cara acicalada con pintura de labios y colorete. Miró a Otha, como si fuera un alienígena, un bicho de hierro moviéndose de lado. Después, pasó junto a él en su silla y anunció:

—Ya voy, chicas, no os preocupéis.

Tut suspiró y dijo, sin dirigirse a nadie:

—Nos preocupamos... de nosotras mismas, ¿verdad?

El cuarto de enfermeras no estaba lejos, en el centro de los tres largos pasillos que conducían a los pabellones. En un minuto, las señoritas de blanco estarán allí, pensaba Camy, al tiempo que le decía a Lilac:

—¿No deberías ir tú también a recoger al señor Vance?

«Ve a recoger al señor Vance, cielo. Maylene no te ha enseñado nada», estaba pensando Tut.

—Cariño, se necesitarán al menos dos personas para levantarles a él y a su silla del suelo —dijo Lilac secamente—. Si yo intento moverle, me dirán que no debería haberlo hecho. Que debería haber esperado a una enfermera. Y ahora harán lo contrario, gritarme por no haberle ayudado.

Aun así, Camy pensaba que Lilac debería haber ido a ayudarle. Ella no podía salir y que la vieran allí. Y él quizá se había hecho daño...

Lilac empezó a peinar a la abuela lo mejor que podía. Camy la miraba.

—Algunas veces la peino así, mientras está echada —dijo Lilac—. Otras las peino cuando ya está en la silla.

Ahora se oían pasos apresurados.

—De esa forma está siempre bien peinada —continuó Lilac.

Otha empezó a gritar:

—¡Que venga alguien!

—Está bien, Otha, ya vamos —contestó alguien.

—Es mejor que te esfumes, cariño —dijo Lilac.

—¿No puedo quedarme? Podría esconderme debajo de la cama —susurró Camy con los ojos brillantes—. Podría decir que mi madre acaba de ir al servicio, si alguien me ve. Podría ser una de las enfermeras en prácticas la que viene —añadió Camy. Las enfermeras se turnaban en los hospitales cercanos—. Ellas no sabrían quién era yo.

—No es fin de semana —dijo Lilac—. Es mejor que te marches.

Camy esperó junto al lavabo. Ida, la enfermera, y Dave, el asistente, estaban con Otha, examinándole y haciéndole preguntas. Enseguida levantaron su silla y le llevaron a su habitación. Otha gritó al principio y se quejó después cuando cerraron la puerta.

Camy volvió junto a la abuela, se inclinó sobre la barandilla y dijo adiós apresuradamente.

—Te veré mañana —dijo, y apretó su cara contra la de la abuela.

«¡No te vayas!», pensó Tut. «Necesito que vuelvas a subir con mis cortinas.»

—Abuela, te quiero más que a nadie —susurró Camy al oído de la abuela.

«¿Más que a mamá?», pensó Camy. «Bueno, por lo menos tanto como a ella.»

—¡No te vayas! —lloriqueó la abuela Tut.

—Vamos, vamos —la tranquilizó Lilac—. Shhh, shhh, querida.

—No te vayas.

La noche estaba llegando. Tut podía sentirla deslizándose sobre ella. Gruesas lágrimas rodaban por su mejilla.

—Oh, vamos, señora, todo va a ir bien —dijo Lilac—. Yo estoy aquí, y voy a sentarla en su silla, para que esté lista para una buena cena.

Camy salió de la habitación. Tuvo que hacerse fuerte para soportar el llanto de la abuela. Corrió hacia la gran puerta de cristales al final del pasillo.

«Me alegro de que Lilac esté con la abuela», pensó. «Es una vergüenza que los desgraciados de mis primos no vengan a visitarla. Patty Ann. O

Richie. Además, la Residencia no es un sitio tan malo como dicen.»

Camy suspiró. No sabía cómo podía gustarle a alguien una comida a base de pringosas papillas. La abuela tenía dientes postizos. Sólo que ellos no querían perder el tiempo, porque ella masticaba despacio. Vaya un asco de cena.

## 2

Al otro lado de la puerta de cristales se veía brillar el sol del verano. Un bosque de árboles umbrosos rodeaba la Residencia por tres lados. Ya fuera, Camy se preguntó por qué no estaban todos paseando por allí y vivían bajo los árboles en el bosque. De vez en cuando, uno de ellos salía a buscar la casa que había sido suya. Pero después de un par de veces, dejaban de intentarlo. Camy sabía por qué.

—Se sienten perdidos. Ya no tienen un sitio adónde ir —murmuró.

«Algunos, como la abuela Tut, no pueden levantarse por sus propios medios», pensó. «Si yo supiera conducir un autobús, seguro que podría sacar de allí a muchos de ellos.»

«¿Adónde les llevaría, adónde querrían ir todos?» No podía imaginar un lugar donde llevarles. Pero de todos modos lo haría. «Les llevaría hasta donde están los árboles más grandes. ¡Yo sería el Flautista de Hamelín! ¡O Moisés!» Camy sonrió.

Pensó en una gran tienda de campaña entre los altos arces, donde todos ellos pudieran quedarse y celebrar fiestas de cumpleaños. Con tantos ancianos, probablemente habría una fiesta de cumpleaños cada día. A ella le gustaban las fiestas. Pero todas las fiestas en las que había estado habían sido horribles. Aunque estaba tratando de tener una buena. «Algún día quizá» —pensó.

Camy respiró profundamente. Ya no lucía el sol. Hacía calor hoy, más de treinta grados, pensaba. No comó en la Residencia, que tenía aire acondicionado en las habitaciones. No muy lejos, se oyó el largo retumbar de un trueno.

«¡Odio los truenos!»

Empezó a correr. Tuvo que cruzar el espacio cubierto de hierba alrededor del cual corría el camino de entrada a la Residencia. Después alcanzó la calle frente al Centro de Salud, bajó a la calzada y cruzó la avenida. Miró a ambos lados. Entonces vio las nubes oscuras y procuró no mirarlas. Pero no podía evitar ver la luz gris. Un momento después empezaron a caer gotas de lluvia.

—¡Mierda!

Observó, un poco asustada, cómo las nubes bajas, cargadas de lluvia, pasaban más deprisa que las nubes blancas y esponjosas que se extendían por encima de ellas.

«¡Fantástico!», pensó recobrando su valor, y levantó la cabeza decidida.

Las nubes avanzaban desde el oeste, en la misma dirección que ella seguía.

Entonces sintió el viento en la cara, y la lluvia llegó de golpe, cayéndole en los ojos.

«¡Ay, madre mía! ¡Me va a caer un rayo encima!».

Un relámpago iluminó el camino. Los truenos hicieron que le temblaran las rodillas. Tenía miedo y se sentía sola en el mundo.

Camy sabía que era peligroso buscar refugio bajo los grandes árboles a lo largo de la carretera. Pero al menos allí no se mojaría.

«Parece tan seguro», pensó.

Le dolía un poco el estómago. Estaba a punto de llorar y dispuesta a meterse debajo de un gran pino junto a la calzada cuando se dio cuenta de dónde estaba.

«¡Oh, Dios mío! Gracias por mi buena suerte.»

El agua le resbalaba por los calcetines y las playeras. Estaba empapada. Subió de un salto unos escalones de madera y se encontró en el porche familiar de una casa pintada de color azul cielo con adornos blancos. Estaba apoyada contra la puerta cuando una mano la abrió y la arrastró dentro.

—Gracias, tía Effie —dijo Camy.

—Cualquiera que esté fuera con una tormenta como ésta no está bien de la cabeza —dijo tía Effie a modo de saludo. No sonrió.

Camy estuvo a punto de explicar que había estado a cubierto en la Residencia pero se contuvo a tiempo. De todas formas tía Effie no le dio la oportunidad de decir nada.

—No te quedes ahí chorreando encima de mi alfombra. Toma —Effie, la hermana mayor de su madre, le echó una alfombrilla de baño.

Camy se sintió avergonzada. Huérfana. Dejó caer la alfombrilla y se colocó encima rápidamente, deseando desaparecer. Si pudiera, se escaparía por la puerta.

Con los ojos bajos, echó un vistazo al imponente sofá y a los dos sillones protegidos por impecables fundas de plástico. Habían costado una fortuna, según su madre.

—Dame tu ropa húmeda —pidió Effie.

Cerró la puerta principal. Hizo que Camy se desnudara allí mismo encima de la alfombrilla, quedándose en camiseta y bragas, y se llevó los calcetines y las playeras.

—Voy a poner todo esto en la secadora —dijo Effie—, aunque no está demasiado limpio. Y dile a mi hermana que tu tía Effie tuvo que ocuparse de ti. Yo nunca he tenido tanto trabajo como para tener que dejar a mi propia hija al cuidado de alguien de sólo dieciséis años y que además es ¡un chico!

«Se refiere a mi hermano Andrew», pensó Camy. «Le odia más incluso de lo que me odia a mí.»

«Mamá dice que tía Effie no habría sabido organizarse si hubiese tenido que trabajar.»

Con el mentón pegado al pecho, Camy sintió ganas de llorar otra vez. ¿Por qué no podía todo el mundo ser amable? Suspiró, respirando profundamente.

Su camiseta era blanca y tenía delante un pequeño agujero. Y ni siquiera hacía juego con sus bragas. Camy cruzó los brazos e intentó no tiritar. No tenía frío. Sólo era la humedad.

Desde la cocina llegaba el ruido de las playeras dando vueltas en la secadora. «Espero que no me destrocen la blusa», pensó.

—No te sientes sólo con la ropa interior —dijo Effie al entrar otra vez. Camy pensó que parecía una apisonadora.

—Yo no iba a...

Effie le tendió una toalla:

—Puedes secarte con ella y luego te sientas encima. Puedes sentarte ahí dentro, pero no la molestes.

La puerta de «ahí dentro» estaba cerrada. Camy tenía que salir de la habitación principal por un pasillo corto y oscuro para ir hasta otra puerta y abrirla para llegar al sacrosanto «ahí dentro».

Curioso, pero hasta que tía Effie no dijo que no debía molestarla, Camy no había oído la música. Ahora la oyó.

¿No sería bonito que su prima se evaporara como la gente de *Star Trek?* «¡Transpórtame, Scotty!», pensó Camy. Qué suerte si la pequeña *la* fuese transportada a una gran estrella azul o a la luna o a cualquier sitio.

—Bueno, vamos —dijo Effie. Y cuando Camy se levantó y salió, Effie añadió—: Tienes las piernas ásperas. Dile a tu madre que te compre alguna crema.

«¡Ya la tengo, cerda gorda! ¡Odio los cerdos!», pensó Camy.

Entró y la música flotaba por toda la habitación. Rebotaba en las paredes y caía suavemente desde el techo.

Camy tomó asiento detrás de la pianista, que era su prima, Patricia Ann. Sujetó la toalla con fuerza alrededor de sus hombros. Se adaptaba a la cabeza como una capucha. Camy suspiró al oír la música, que era bonita, pero le hacía sentirse muy cansada. Miró el pelo de Patricia Ann, largo y ondulado, tan bonito, cayéndole por la espalda*. Patty Ann siempre llevaba el pelo suelto el día de su clase de piano. Habría tenido ya su clase y ahora estaba practicando.

«¿No es asombroso?», pensaba Camy.

_____

* Tenía el color del jarabe de arce bajo la luz del sol. Ahora no lo llevaba trenzado como habitualmente.

«Una niña que llega a casa después de su lección de piano y practica.» Cuando ella había dado clases en una ocasión, nunca pensó en practicar hasta un día o dos antes de la próxima clase.

—Patty Ann hace todo como es debido —decía la madre de Camy—. Effie se ocupa de ello. Nunca he visto un niño con más miedo de nadie que el que esa criatura tiene de mi propia hermana. Camy, deberías sentir lástima de tu prima.

—La odio —había dicho Camy.

—Bueno... —Maylene no dijo más.

Camy estaba acostumbrada a que su madre no terminase lo que había empezado a decir.

Patricia Ann no se volvió hasta terminar otra pieza después de la que estaba tocando cuando Camy entró. tenía que haberla oído entrar. Pero Patty Ann no quería que la interrumpieran hasta haber practicado la lección entera.

Todo ese tiempo, Camy se quedó sentada, sujetando la toalla alrededor de su cuerpo y tratando de suavizar sus piernas frotándolas de arriba a abajo con los pies. Lo que consiguió fue extender suciedad a las pantorrillas y los tobillos. De todas maneras continuó. No podía estarse quieta. Estar allí con su prima la enfurecía.

«Buena en todo», pensaba Camy a espaldas de Patty Ann. «En la escuela, en casa, en el piano. La señorita Santurrona. Bueno, Andrew dice que yo también soy buena en muchas cosas.»

La música se paró bruscamente. Patty Ann volvió la página de un pequeño cuaderno que estaba junto a la partitura de música. La página estaba en blanco. Había llegado al final de sus deberes. Cerró el cuaderno. Cerró también sus libros de música. Cerró la tapa del piano sobre las teclas.

Para Camy todo lo que hacía su prima era como tiza chirriando en una pizarra. El aspecto de Patty Ann, su expresión incluso, hacían echar chispas a Camy.

Patty Ann hizo girar la banqueta del piano. Se quedó frente a Camy e inclinó la cabeza a un lado. Después de la primera mirada, no volvió a mirar directamente a su prima.

—¿Qué demonios te ha sucedido? —preguntó Patty Ann.

Su voz era sorprendente, una voz de contralto, ronca y grave. Naturalmente era también una buena cantante. Patty Ann acarició su nuevo vestido de cuadros. Era en tonos color vino, amarillo y verde pálido con azul. La falda tenía tablas.

Camy la miró y sintió un nudo en la garganta. Decidió encogerse de hombros solamente. Algunos minutos después no pudo seguir callada.

—Me mojé —explicó Camy.

—¡Me lo imaginaba! —dijo Patty Ann. Tocó la cadena de oro alrededor del cuello y la pulsera de oro en su muñeca derecha. En la izquierda llevaba un reloj con correa negra de cuero—. Sabía que iba a llover antes incluso de terminar la clase. Puedo oler la lluvia en el aire. Siempre puedo —dijo Patty Ann.

Balanceó las piernas a un lado y otro de la banqueta del piano. De esa manera Camy no podía dejar de ver el efecto completo. La cara de Patty Ann parecía más bonita aún con el color vino de su vestido. Cruzó los tobillos cuidadosamente, de forma que sus zapatos de cuero no tocaran sus calcetines color vino.

«Dios mío», pensó Camy.

—¿Siempre tienes que ir así vestida para tus

clases? Quiero decir, ¿no puedes relajarte nunca? —preguntó Camy.

Patty Ann levantó las cejas.

—Bah, estoy relajada —dijo—. Algunas personas no sabrían cómo relajarse llevando ropa buena, si es que alguna vez han tenido ropa buena.

Camy sentía calor en las orejas. Echaba chispas por los ojos.

—¿Sabes lo que pareces con ese nuevo modelo?

—No es tan nuevo —dijo Patty Ann—, lo tengo hace una semana. Mamá dice que cualquier chica no puede tener un vestido como éste, por su precio. Es caro, sabes, pero dice que yo no soy cualquier chica.

«Estás intentando humillarme», pensaba Camy. «Bueno, ¡pues no lo vas a conseguir!»

—Pareces como muerta —dijo Camy—. Como si tuvieras que ir a un funeral y fuese el tuyo.

Una vez que había empezado, ya no podía pararse. Vio que Patty Ann abría la boca.

—Pareces un esqueleto. Nunca he visto a nadie tan huesudo, aparte de un esqueleto de cartón blanco en una noche de difuntos.

—Tú tienes envidia porque yo tengo el pelo largo y siempre saco buenas notas —observó Patty Ann—. Pusieron mi foto en el periódico por no tener nunca menos de un notable alto, y nunca han puesto tu foto en el periódico —dijo todo esto mirando por la ventana hacia afuera y balanceando las piernas. Había levantado la voz, pero todavía era ronca.

—Extenderán tu pelo en una pequeña almohada de satén —siguió Camy, con el corazón palpitante—. Te sujetarán los párpados con goma y harán que los globos de los ojos miren hacia abajo a algún piano de juguete que te coloquen en el regazo. Te romperán los dedos para curvarlos de manera que parezca que estás tocando las teclas.

Camy estaba impresionada de su propia maldad.

—Sólo eres una estúpida —dijo Patty Ann—. Es la abuela Tut, a la que tú tanto quieres, ese maloliente y viejo saco de huesos, la que se está muriendo.

—¡Cállate! —susurró Camy. Habían estado hablando las dos en voz baja, por si tía Effie pasaba por delante de la puerta.

—Si no fueras tan tonta —dijo Patty Ann—, sabrías que ella está volviendo a una posición fetal, fea-tal.

—¿Fea... qué? —preguntó Camy alarmada. No sabía lo que era eso de fetal, nunca lo había oído—. ¡Trágate eso que has dicho!

—Es verdad. Está empezando a doblarse como un niño antes de nacer —dijo Patty Ann—. Eso es lo que hacen las personas mayores antes de morirse.

—Y por cierto —añadió Patty Ann mirando de arriba abajo a Camy—, ¿dónde está tu ropa, te olvidaste de ponértela? ¿O se te pudrió encima? —y Patty Ann la miró con expresión de triunfo.

Camy se puso de pie. Si alguna vez dudó de que su prima Patty Ann fuera su enemiga, ahora no lo dudaba. Sacudió la cabeza.

—Estás intentando fastidiarme y utilizas a la abuela Tut. Eso no está bien, ella es muy mayor —dijo Camy.

—Ya está casi muerta, también —dijo Patty Ann.

—¡Cállate!

—Cállate tú. Tú empezaste.

Camy sonrió, exaltada al pensar en su abuela.

—Lo sé todo acerca de ti —dijo en voz baja—. Sé lo que haces en el cuarto de baño cuando crees que nadie te ve.

Patty Ann se quedó callada. Camy sabía que debía dejarlo, pero no podía. Tenía que terminar, por amor a la abuela.

—Te metes los dedos por la garganta —dijo Camy— y echas toda la comida que la tía Effie te hace llevar para comer en el campo. Los chicos dicen que lo hiciste un par de veces la semana pasada. Yo lo sé todo de ti.

Patty Ann jadeaba. A Camy le parecía enfermiza y flaca. Tenía los ojos llenos de lágrimas.

Camy continuó, aunque ya no ponía el corazón en ello. ¿Qué adelantaba si Patty Ann se ponía a llorar?

—Crees que estás gorda. Tienes miedo de tu propia madre, miedo de hacer algo mal. Por eso tienes tan buenas notas. Eso es lo que dice Andrew. Tienes miedo de lo que podría hacerte Effie si no las tienes. Me pregunto lo que haría ella si supiera que vomitas la comida a propósito.

Patty Ann se tapó la cara con las manos y sollozó.

—No te preocupes —dijo Camy—. Sólo que harías mejor en aprender a no hablar de la abuela Tut, ¿lo oyes? No digas nada malo de ella o vendré mientras duermes y te cortaré el pelo.

—¡Mamá! —gritó Patty Ann a pleno pulmón. Corrió hacia la puerta, pero Camy le cortó el paso. Oyó a tía Effie en lo alto de las escaleras.

Camy obligó a Patty Ann a echarse a un lado con un golpe de cadera. Salió de allí y corrió a la cocina. Paró la secadora y sacó su ropa.

—¿Qué está pasando? —gritó Effie mientras bajaba la escalera.

—Está burlándose de mí, mamá —contestó Patty Ann.

—Salvaje —oyó que decía tía Effie.

«Me voy de aquí corriendo». Camy salió como una flecha por la puerta de atrás, apretujando su ropa entre los brazos. Se olvidó de que faltaba un escalón de cemento y se cayó de rodillas.

—¡Ay!

Se levantó enseguida, aunque le dolían mucho las rodillas.

Dio la vuelta a la casa en el momento en que tía Effie, con Patty Ann a sus talones, aparecía en la puerta. Para entonces Camy estaba en la calle y echaba a correr. No creía que pudieran alcanzarla. ¡Oh, Dios mío! Tía Effie venía atravesando el césped. Camy se alejó a toda velocidad.

La ropa todavía caliente que sujetaba en los brazos le daba calor y le hacía sudar. Corrió hasta un grupo de árboles y se vistió detrás de un tronco. «Dios mío, ¿me habrá visto alguien salir medio en cueros?», pensó. «Quizá piensen que iba en traje de baño.»

Camy miró alrededor para ver dónde estaba tía Effie. Contuvo el aliento para escuchar. Pero parecía que Effie no había pasado de la acera.

Camy se vistió del todo, incluso las playeras. Entonces notó que todavía estaba lloviendo y que se estaba mojando de nuevo. «Bueno, que me parta un rayo, no me importa», pensó. Estaba har-

ta, sí señor. «¡Cualquier cosa es mejor que quedarse en terreno enemigo!», pensó.

Corrió a la intemperie. Cuando estaba
como a mitad de camino, una camioneta que venía
hacia ella se paró muy cerca y lanzó el agua de un
charco sobre su cabeza. Reconoció a los dos chicos
que iban dentro y sonrió. Alzó el pulgar con descaro. La puerta se abrió del lado del pasajero y un
fuerte brazo la arrastró dentro. Parecía que hoy la
gente se dedicaba a arrastrarla, de una u otra
forma.

# Largos Caminos Brillantes

## 3

Andrew llamaba a la camioneta «su cachorro». Era pequeña y estupenda y él la conducía a toda velocidad por las brillantes carreteras. Carreteras como cintas de plata. Aunque lloviese o hubiera tormenta, a Andrew no le importaba. Le gustaba el sonido de los neumáticos en la negra superficie húmeda. Aunque sólo tenía dieciséis años, era un buen conductor. No conducía nunca demasiado rápido en una tormenta, pero tampoco lento.

—Obsérvale. Este chico está metido en algún problema serio —había dicho tía Effie a Maylene—. Ningún chico de esa edad tiene nada que hacer con un coche.

Camy estaba allí cuando lo dijo. Lo que había olvidado de la conversación, lo recordaba Andrew.

—Eso demuestra lo que sabe; ni siquiera es un coche —dijo después Andrew a Camy—. Y yo no soy un chico. Soy casi un adulto.

—Mi padre me regaló la camioneta —le dijo a tía Effie—, así que ocúpate de tus asuntos.

Ella no le asustaba en absoluto.

Pero ella siguió hablando como si Andrew

no estuviese allí. Esa era lo más insultante, decía más tarde la madre de Camy.

—Claro, ya sé todo lo que hay que saber sobre su padre —dijo Effie—. Su padre es un pez gordo demasiado bueno para esta ciudad y esta familia.

—Vamos, Effie, ya está bien —había dicho Maylene.

—¿Por qué no cierras la boca y dejas de hablar de mi padre? —dijo Andrew—. O si quieres te cuento yo algo sobre ti.

Camy recordaba cuánto se había sorprendido del descaro de su hermano.

—¡Qué falta de respeto! Eres un insolente —dijo tía Effie.

—Nunca he conocido otra familia en que estén siempre unos contra otros como ésta —dijo Maylene—. Effie, tú empezaste y ahora se ha terminado. Ni una palabra más.

Pero Effie siguió. Dijo que tenía derecho a opinar, puesto que su hijo se sentaba en una camioneta barata, en el asiento de la muerte y junto a un conductor de dieciséis años.

—Nadie obliga a Richie a montar en mi camioneta —contestó Andrew.

—Si tú no la tuvieras, no podría montar —contestó tía Effie.

Y entonces la madre de Camy preguntó qué se suponía que debían hacer:

—¿No tener ningún vehículo? ¿No subir a un coche por miedo a que pueda suceder algo malo?

Ahora, en la camioneta con su hermano, Camy no podía evitar sonreír. La vieja Maylene era algo serio. Camy se sentía atrevida llamando «vieja Maylene» a su propia madre.

Camy estaba bastante mojada otra vez por la lluvia. Andrew había alargado la mano y la había izado desde la carretera. Ella había trepado por encima de Richie para sentarse en medio.

Andrew le había dado también una toalla. Y encendió un momento la calefacción, a pesar de las protestas de su primo Richie.

—Pero hombre, hace mucho calor para poner la calefacción. Estamos en verano, ¿no? —se quejó Richie, el hijo de tía Effie, que iba en el asiento junto a la ventanilla.

—Mi hermana está mojada, tío —le dijo Andrew—. Cogerá un catarro y me echarán la culpa a mí.

—Yo le echaré la culpa a Richie antes que a ti —dijo Camy.

—Estupendo —dijo Richie.

Andrew se rió. Después dijo:

—Te has escapado, Camy, y eso no está bien.

—¿Has estado buscándome por ahí con la camioneta? —preguntó Camy.

—Claro —dijo él—. Tenía que encontrarte antes de que volviera mamá.

—Pero no estás enfadado conmigo, ¿verdad?

Sin dejar de conducir, él la frotó el pelo con la toalla, para secárselo más.

—Ya has tenido bastante hoy —dijo—, ¿cómo iba a enfadarme? Y además te ha pillado la tormenta.

—Ya me mojé otra vez antes —dijo, y le explicó lo de tía Effie.

—¿En serio? ¿Salió detrás de ti?

—Vaya —dijo Richie—. Ahora la tomará conmigo por andar con vosotros.

—Tía Effie y esa tonta hermana tuya son dos brujas, Richie —dijo Camy.

—Puede que tía Effie se olvide de contárselo a Maylene —dijo Andrew—, pero lo dudo. —Pensaba que era divertido llamar a su madre por el nombre. Maylene no pensaba lo mismo.

La conversación quedó en el aire. A Richie no le gustaba tampoco el modo de ser de tía Effie y así lo decía. No podían llevarse bien más de cinco minutos. Sin embargo, no le gustaba oír a sus primos hablar mal de ella.

Andrew y Camy lo sabían. Su hermano le echó una mirada y ella dejó de hablar de tía Effie.

El cielo seguía de un gris intenso, sólo se veía una línea azul. Camy había apoyado la cabeza en el hombro de Andrew. Iba con las piernas cruzadas como una chica mayor. Le escocían las rodillas donde se había golpeado al caer. Intentó olvidarse de ello y dejar las manos quietas en el regazo. Richie había abierto la ventanilla y Camy empezó a sentir frío en los hombros.

—Quiero irme a casa —dijo mirando a Andrew—. Estoy muy mojada y tengo frío. Creo que me he raspado las rodillas.

Andrew echó una mirada a Richie y ella oyó que Richie subía la ventanilla. Camy seguía mirando a Andrew.

—¿Andrew? —dijo.

—Sííí —dijo él.

Estaba escuchando la radio. Una canción que decía «Tú me vuelves loco cuando estoy contigo». A ella no le gustaban mucho las canciones de

amor. A Andrew parecían gustarle; y también a
Richie. Dejaban de hablar para escuchar, cuando
era una canción de amor. Como si quisieran aprender algo.

—Estupideces —dijo Camy por lo bajo.

—¿Así que la abuela Tut estaba bien hoy?
—preguntó Andrew cuando terminó la canción.

—No sé —dijo Camy—. Me parece que sí.
Habló un poco. El viejo Vance entró y nos fastidió.

Si Camy hubiera sabido que su hermano
iba a preguntar, habría estado preparada. Habría
tenido tiempo de aclararse ella misma acerca de lo
que sentía respecto a la abuela Tut. Cómo la quería
tanto precisamente ahora que se moría y cómo
odiaba a Patty Ann por burlarse de ella de forma
tan mezquina.

«¡Abuela, yo te quiero mucho!» —pensó.

Cuando volvía a casa echaba de menos encontrar a la abuela sentada en la mecedora cortando judías verdes.

A Camy se le llenaron los ojos de lágrimas.
Sorbió y gimió con un sonido fuerte y triste.

—Venga, Cam, no hagas eso ahora —dijo
Andrew. Rodeó los hombros de Camy con su brazo, y le dio unas palmaditas.

—¡Andrew, la abuela Tut se va a morir!

—No, no se va a morir —dijo él—. Al menos
no por ahora.

—¡Pero es muy vieja! —lloriqueó Camy.

—Bueno, hay muchas personas viejas —dijo
él—. Pasean por ahí todos los días y no van a
morirse mañana.

—No, pero...

—Nada de peros, Camy. Te aseguro que la

abuela Tut no va a marcharse todavía —dijo Andrew.

—¿Cuando ha sido la última vez que la viste? —preguntó Camy.

Él se quedó callado un momento.

—El domingo pasado —mintió. No podía soportar ver a su abuela consumirse por días—. Cuando pasé para ir a ver a papá.

Al oír nombrar a su padre, Camy se enderezó y se limpió los ojos con el dorso de la mano. Tenía la sensación de que él podía verla y oír todo lo que ella decía. Camy casi no sabía nada de su padre. Era muy pequeña cuando él se fue de casa la primera vez. Cuando venía ahora, lo que era raro, ella sólo daba vueltas alrededor de él, le miraba, y casi no le hablaba. Tenía el pelo rubio y los ojos claros. No es que echase de menos algo en casa. Pero ella suponía que él tendría que estar en alguna parte mientras ellos vivían sus días y sus noches. En alguna parte se cobijaría antes del amanecer y después de ponerse el sol.

—Hace seis meses que no he visto a la abuela Tut —dijo Richie—. Mamá no ha dicho nunca a Patricia Ann que vaya a verla.

Camy recordó algo que había dicho Patty Ann.

—Andrew, ¿es verdad que la abuela está en posición featal? —ella creía que Patty Ann había dicho eso.

—¿Qué? —preguntaron a la vez Andrew y Richie.

—Una posición featal o fetal. Sonaba algo así —dijo Camy—. Patty Ann me lo dijo.

—¿Es un lugar para morir, eso quieres decir? —dijo Richie.

Pero Andrew estaba sonriendo. Entonces Richie comprendió.

—No es nada de lo que tengas que preocuparte —le dijo a Camy—. Tú vete a visitar a la abuela Tut siempre que quieras. Y a todos los que te molesten, diles que vengan a verme. Y saluda a la abuela de mi parte y dile que yo también la echo de menos.

Richie daba largos informes de sus visitas a la abuela Tut para complacer a tía Effie. Patty Ann sabía que mentía y se lo había dicho a Camy y después se había arrepentido de decírselo.

Todos sabían que Richie era un descarado embustero. Andrew decía que Richie mentiría sobre cualquier cosa, incluso sin tener ninguna razón para mentir. Como aquella vez que dijo que había tomado parte en el robo del banco en el centro de Dayton. Repentinamente tenía mucho dinero y lo gastaba a manos llenas, como si fuese un ladrón. La policía vino a llevárselo. Al día siguiente estaba de vuelta, después de que tía Effie probó que había estado con su tío trabajando en la construcción de un campo de deportes, el único empleo que le había durado más de una semana. Después de un mes, Richie no apareció un día, y tampoco al siguiente y al otro.

Richie inventaba muchas historias, «exageraciones», como las llamaba la madre de Camy. Andrew decía que Richie no pretendía hacer nada malo con eso, que Richie sentía ansiedad todo el tiempo y no podía evitar hacer ciertas cosas que le calmaban un poco.

Andrew conducía regularmente, sin mover apenas el volante. Largos caminos brillantes. Camy iba sentada muy derecha, para poder mirar por la ventanilla. Ahora, después de la lluvia, la niebla parecía flotar sobre la carretera. Se arremolinaba en los campos, a ambos lados de la furgoneta, como un vaho blanco y ondulante. La luz del sol se abrió paso entre las nubes bajas. Lo que antes era lluvia era ahora bruma. Entonces el sol empezó a calentar más a través del parabrisas. Andrew y Richie bajaron sus ventanillas. La brisa era caliente. La luz cálida del sol devoraba las nubes ante sus ojos.

—Vamos a casa, tengo hambre —dijo Camy—. Mamá querrá saber dónde estoy.

—Todavía no está en casa. Tenemos tiempo —dijo Andrew suavemente—. Mira ahí, en la guantera. Hay algo.

—¡Estupendo! —dijo Camy rebuscando. Había un donut. Le gustaban los donuts.

—Tengo que llevar a Richie a un sitio —dijo Andrew.

—¿A un sitio, aquí, sitio? —preguntó ella—. ¡Qué rico! —dijo masticando.

—A un sitio donde puede encontrar un empleo —dijo su hermano.

—Pero ya casi es hora de cerrar las tiendas —dijo ella.

—Turno de noche —dijo Richie—. En cualquier sitio. Te toca hacer cola.

—¿Eh? —Camy no entendía. La radio estaba a todo volumen; otra vez estaban escuchando canciones. Se dio cuenta de que había estado gritando al hablar. Todos lo habían hecho. La música llenaba el coche y salía por las ventanillas.

«Seguramente asusta a las vacas y caballos del campo» —pensó Camy.

Tomaron un camino vecinal para salir y

después dieron la vuelta. Camy se dio cuenta de que recorrían un gran ángulo recto, yendo a salir a un lugar donde había muchas casas, en los arrabales. Y al dar la vuelta llegaron a un lugar lleno de automóviles.

—Es un paseo de coches —exclamó Camy.

—Es una fábrica de camionetas —dijo Andrew.

—¡Huy! —hizo Camy.

Había cientos de personas. Formaban algo parecido a una fila, pero la gente estaba sentada o tumbada. Tenían mantas y pequeñas tiendas y termos.

—¿Qué van a hacer, un picnic de medianoche? —dijo Camy.

—No estaría mal... —dijo Richie—. Ésta es la forma de conseguir un empleo.

Sacó una bolsa de papel que tenía entre las piernas y la levantó hasta sus labios. Camy vio el cuello de una botella y pensó «¡Vaya...!»

Richie ofreció la bolsa a Andrew, mirando más allá de ella al hacerlo.

—Dame un poco a mí —dijo ella en broma...

La ignoraron. Entonces se dio cuenta de que Richie tenía los ojos enrojecidos. El blanco de los ojos parecía inyectado en sangre. Le temblaban las manos y su aliento podría dejar sin sentido a un montón de viejos.

Andrew no quiso probar de la botella. Movió la cabeza. Richie volvió a poner el tapón y se metió la bolsa y la botella en el bolsillo de la chaqueta.

Eso sorprendió a Camy. Se volvió a su hermano y le miró fijamente. Estaba pensando en algo. Él no la miró.

—Mamá pensaba que eras tú el que bebía —dijo—. No es verdad. ¿No?

—Cierra el pico —dijo Andrew con dureza.

Le dolía que él la hablara así. No lo esperaba. Era siempre muy cariñoso con ella.

Pero había descubierto algo. Era Richie el que bebía alcohol y no Andrew, ahora estaba bien segura. «Me alegro de eso», pensó. Era Richie quien dejaba algunas veces la bolsa de papel en la guantera y probablemente Andrew se olvidaba de deshacerse de ella. Su madre encontraba las bolsas con las botellas vacías y pensaba que eran de Andrew.

—Esta cola no va a ser nunca más corta, Richie —dijo Andrew.

—Tío, ¿no querrás que me quede aquí toda la noche con una piedra como almohada?

—¿Toda la noche? —dijo Camy.

—Te quedas con una manta y, si hay humedad o llueve, te dejaran entrar —dijo Andrew.

—¿Tienes que dormir en el suelo? —preguntó ella.

No la escuchaban. Hablaban por encima de ella como si no estuviese allí.

—Mira qué larga es la cola —gimió Richie—. No llegaré a la puerta ni mañana por la tarde.

—Es la única manera, Richie. Tienes que esperar en fila y llenar una solicitud.

—¿Para qué, tío? Si luego no te llaman. He estado en infinidad de colas y cuando intento enterarme de algo, ni siquiera saben quién soy.

—¡No, porque nunca has hecho una solicitud! —dijo Andrew—. Yo he apuntado mi nombre en listas de cuatro fábricas diferentes.

—Pero tú ya has trabajado para Deil's y para Tune —dijo Camy.

Andrew suspiró.

—Vamos, Richie —dijo.

—¡Tío! —protestó Richie. Pero salió de la camioneta.

—Tú quédate aquí —dijo Andrew a Camy, cuando ella hacía ademán de seguir a Richie. Richie cerró la puerta de golpe. Ella se inclinó fuera de la ventanilla, sentada encima de sus pies para poder ver mejor.

Cuánta gente. Andrew sacó una manta y la echó por encima de los hombros de Richie. Richie se tambaleó. Camy pensó que estaba bromeando. Después, dio unos pasos de lado y cayó sobre una rodilla.

—¡Richie, tío, ponte derecho! —murmuró Andrew.

Richie se echó a reír. Alargó la mano para coger lo que llevaba en el bolsillo de la chaqueta.

—No, no bebas —le dijo Andrew. Sacó de un tirón la bolsa de papel y su contenido y lo llevó a la camioneta.

Richie se tumbó en el suelo. Con una sonrisa tonta se echó la manta por encima y se tapó los brazos.

—Vamos, Richie, ponte en la cola —dijo Andrew. Parecía cansado.

—Estoy haciendo mi propia cola —dijo Richie—. Devuélveme mi bolsa.

—No vas a beber más, Rich. No te portes como un estúpido. Dentro de un minuto llamarás la atención de alguien. ¡Tienes que ponerte en fila! —dijo Andrew.

—Estoy esperando, tío —dijo Richie—, y da lo mismo donde espere —añadió riéndose.

Andrew miró a la gente y después volvió a mirar a Richie. Por el aspecto de su cara se diría que estaba a punto de llorar.

Camy no podía creer que fuese a llorar. «¿Mi hermano?». Estaba allí de pie, mirando al suelo. Sacudía la cabeza y respiraba profundamente, suspiraba. Ella se preguntaba si él y Richie se pelearían. No le importaría nada ver a su hermano dándole una paliza al tonto de Richie.

«Agarra a Richie con una mano», pensaba Camy. «Necesita una buen tunda. ¡Verle voltear alrededor de la cabeza de Andrew y después salir volando, sería algo grande!».

Camy sonrió. Miró a un lado. Al ver tanta gente, pensó que todos estaban mirando a Andrew y Richie y después a ella dentro de la camioneta.

De repente, Andrew echó a andar. Después pareció cambiar de idea y volvió.

—Me voy a ir, pero volveré más tarde, dentro de unas horas, Rich. ¿De acuerdo? —le oyó decir.

Richie había cerrado los ojos. No parecía demasiado feliz. Solamente asintió.

Camy vio que su hermano volvía hacia la camioneta. Llevaba las manos en los bolsillos y la cabeza baja. Ella le abrió la puerta antes de que él llegara.

—Gracias —dijo él al entrar.

—De nada —dijo ella orgullosa de tener un hermano así—. ¿Por qué hay tanta gente? —preguntó cuando él ya se había sentado—. ¿Por qué no tienen empleo y esas cosas?

—Algunos lo tienen —dijo él—. Algunos buscan la jornada completa. Otros sólo necesitan trabajo. Mucha gente necesita empleo. No son buenos tiempos.

—¿No? —dijo ella. Bueno, sabía que no lo eran. Pero a ella las cosas le parecían muy bien casi todo el tiempo—. ¿Lo dices en serio?

—Sí —dijo él—. Mucha gente no tiene padre como nosotros, que puedan ayudarles en el trabajo. Tenemos suerte. Yo tengo suerte. Nosotros tenemos la suerte de que papá es lo bastante considerado para echarle una mano a mamá todavía.

«Tenemos suerte», repetía la voz de Andrew en la cabeza de Camy. Pero ella no veía del todo que eso fuera tanta suerte, después de ver a Patty Ann con vestidos nuevos todo el tiempo.

Andrew puso en marcha la camioneta. El motor roncó protestando un momento, antes de sonar con regularidad, como dispuesto a tragarse la carretera. Cuando arrancaron, Andrew condujo con suavidad. Recorrieron lentamente el camino hacia casa por carreteras vecinales. Camy bajó la ventanilla y asomó la cabeza un minuto. Sacó la mano fuera y dejó que el aire le llenara la palma y la empujara hacia atrás.

—Ten cuidado —dijo Andrew—. Algunas veces las ramas sobresalen hacia la carretera.

—¡Ah, sí! —dijo ella, y se sentó derecha, con las dos manos en el regazo.

## 4

Iban a casa. Andrew iba despacio y a Camy le gustaba ir en la camioneta sola con él. Se entendían bien los dos, y se apoyaban el uno al otro.

Vivían en el lado oeste de la ciudad. Andrew condujo la camioneta dando un gran rodeo. Uno de los caminos vecinales en los que entraron pasaba al lado del cementerio. Era el Cementerio del Bosque del Valle, pero ya no había ningún bosque. La mamá de Camy decía que hacía mucho tiempo que se habían cortado los árboles de dos en dos para hacer sitio a las tumbas. El abuelo Eme-y-Eme estaba en el Bosque del Valle. Pensar en él dentro de su tumba hacía temblar a Camy. Luchaba contra el pensamiento que venía a continuación, y que venía a pesar suyo y no podía detenerlo. La abuela Tut estaría un día muy cerca del abuelo. Su hueco ya estaba dispuesto y pagado, su mamá se lo había contado. Horrible.

Pasaron junto a la laguna. Había muchos patos nadando y contoneándose por la orilla y sentados a la sombra junto a la laguna. Eran propiedad de gente adinerada, que permitía a los que pasaban subirse a la cerca y dar de comer a los patos. Andrew iba despacio para poder verlos. Había una pequeña cascada. En invierno, la laguna se helaba y todos los niños iban a patinar. Menos ella y unos cuantos más en la ciudad, creía Camy. Su madre tenía miedo de la laguna y de que los niños patinasen sobre hielo demasiado fino.

Andrew llevó la camioneta hacia la derecha y entró en la carretera 68. Pasaron por la calle principal de la ciudad, que era la avenida Ames. Era una importante calle comercial.

Había tres semáforos en la avenida. Junto al primero había una heladería con mesas y bancos fuera, exactamente allí en la calle principal, por donde todos entraban en la ciudad y podían verte sentado. Era agradable sentarse allí; era como decir «esta es mi ciudad». Ella hacía eso algunas veces. Compraba un helado y se sentaba prácticamente debajo del semáforo. Frente a la heladería, al otro lado de la calle, estaban la Oficina de Correos y una pizzería. Un surtidor de gasolina y una tienda de postales. Cuatro esquinas y cinco negocios diferentes, porque la gasolinera y las postales estaban casi una encima de la otra. Camy estaba enumerándoselo todo a Andrew.

—¿Crees que no puedo verlo? —dijo él.

—Sólo te lo estoy contando —contestó Camy—. Allí está el cine y la farmacia de Gallegher.

—Vamos, Camy, cállate. Quiero concentrarme en lo que yo pueda ver.

—Bueno... —empezó ella.

—Shhh... —dijo él.

Otra vez esa clase de música en la radio. Era lenta y melancólica, y una voz de mujer cantaba algo acerca de salir por la puerta. Andrew estaba escuchando y ocupándose de conducir mientras observaba las aceras para ver quién salía antes de cenar. Saludó con la mano unas cuantas veces. Chicas.

Siguieron adelante. Dos iglesias, dos estaciones de servicio, una farmacia. Camy enumeraba para sí misma una panadería, un cine, una joyería que se llamaba Plata 68. Una tienda de comestibles llamada Cantrells. Algo llamado El Buen Comer, Hardware Baum. Banco Starr y Llevátelo, Cerveza, Vino.

—Estamos llegando —dijo Camy cuando la última luz cambió y Andrew dirigió la camioneta hacia casa.

—Gracias por el paseo —dijo Camy una vez que habían aparcado—. Ya estoy casi seca, además.

—Bueno, puedes cambiarte de ropa, si quieres —dijo Andrew—. Mamá está en casa.

—¿Es tarde? —dijo Camy, y añadió—: ¿Cómo lo sabes?

No había señales de que nadie estuviese en casa.

—Yo siempre sé cuando hay alguien en una casa —dijo él.

—¡No puedes saberlo! Viste luz en la cocina. ¡Fresco!

Camy ser echó a reír, fue corriendo al porche, abrió de golpe la puerta y entró en la cocina. Su madre estaba junto al fregadero, cortando verduras. Su taza de té se estaba enfriando en la mesa.

—Camy, si saltas a mis espaldas, te rompo la crisma.

—¡No iba a hacerlo! —Riéndose, Camy abrazó y besó a su madre—. ¡Mmmm, qué bien hueles!

—Hola, Camy, siento no poder decir lo mismo de ti. ¿Dónde has estado?

—He estado con Andrew y... —iba a decir «con Richie», pero se paró a tiempo. No sabía cuánto sabía su madre—. Me llevó a dar una vuelta.

Andrew entró y se dejó caer en la silla junto a la mesa de la cocina.

Camy y Maylene estaban frente a él. Maylene apoyaba la espalda contra el fregadero. Tenía aún las manos húmedas de las verduras. A Camy no le importaba, de todas maneras puso la suya entre ellas. Su madre llevaba el anillo de diamantes, pero no la alianza. Era tan guapa... Llevaba el pelo suelto sobre los hombros, como un gran abanico. Oscuro, como sus ojos. Camy levantó la mirada. Ella sonrió a su hija.

—Eres tan bonita —dijo Camy—. Me gustaría ser tan bonita como tú cuando sea mayor.

Su madre la estrechó entre sus brazos.

—Pareces sólo un día más vieja que Andrew —dijo Camy.

—Tuvo que ser el día más largo de mi vida —dijo Maylene.

Camy se echó a reír.

—No, tú podrías ser mi hermana mayor y no mi madre.

—Eso podría ser un largo tema de conversación —dijo Andrew mirándolas. Se había sentado a la mesa y se estaba tomando el té de Maylene.

—¿Qué has andado haciendo, so caradura? —preguntó la madre de Camy.

—Venga Maylene, nena, no preguntes... —protestó él.

—¿Qué tal si te levantas y me das un abrazo? —dijo su madre.

Andrew se despegó de la silla como si le

doliera. Se acercó y dejó que Maylene le diera un abrazo y un beso.

—Mis niños —dijo ella.

—Yo no soy un niño —dijo él.

—Sí que lo eres, siempre serás mi primer niño.

—Siempre seré el primero, pero no un niño. Ya no.

—Humm —murmuró Maylene peinándole el pelo con la mano.

—Vamos, mamá, déjame.

Estaban los tres muy juntos. Camy se sentía apretujada, pero no le importaba. Se agarró a su hermano y le sujetó. Pero al fin su madre le soltó y ella también.

—¿Así que llevaste a Camy a dar una vuelta? ¿Adónde?

Él no contestó.

—¿Estaba Richie contigo?

Otra vez silencio. A Camy se le escapó un «Uh-uh» antes de pensarlo mejor...

Se quedó mirando al suelo.

—Sólo le llevé a la fábrica de coches, para que pudiera llenar una solicitud —dijo Andrew.

—Voy a decirte una cosa, Andrew. Eres bueno con tu primo, nunca le abandonas. Pero él no se merece tu esfuerzo —dijo Maylene.

—No digas eso, mamá. Él no puede evitar ser como es. Si yo tuviera una madre como tía Effie, también sería así, seguro.

—Hablando de mi hermana...

Antes de volver a su trabajo en el fregadero, Maylene miró a Camy fijamente.

«Vaya...» —pensó Camy.

Maylene era delgada, no muy alta. Tenía

buena figura, decía Andrew. A Camy lo que más le gustaba eran sus piernas. Tenían una bonita forma.

—Mi hermana me llamó para hablar de cierta Camy —dijo Maylene.

Camy sabía bien que lo mejor era contar la verdad, porque no habría nada que tía Effie no hubiese contado ya. Así que contó todo tal y como había sucedido. Cuando terminó estaba llorando.

—Dijo cosas horribles de la abuela Tut —explicó Camy—. Quiero decir que Patty Ann las dijo. Y está loca de remate. ¡Todo el día vomitando! Yo las odio. Desearía que se murieran.

—Camy, deberías sentir simpatía por tu prima. Tiene muchos problemas.

—Pues que no hable de la abuela Tut —dijo Camy.

—Bueno, tenías que haber sido más amable con tu prima, Cam. Y Effie te secó la ropa. Además tú no tienes nada que hacer allí, en la Residencia. Sabes que no permiten que entres sin un adulto. No está bien que andes por allí entre los ancianos —dijo su madre.

—¿Quién lo dice? —dijo Andrew defendiendo a Camy—. Effie seguramente, ¿no? De verdad, madre, a veces no pareces tú. A Camy le gusta visitar a la abuela, ¿qué hay de malo en eso? No te dejes influir por Effie.

—Tú no te metas a consejero —dijo Maylene—. Estoy hablando con Camy.

—Bueno, Camy es la chica más sensata que conozco. Y cariñosa y con ideas propias, también. No te pongas del lado de tía Effie —dijo Andrew a Maylene.

Camy sintió que estaba a punto de estallar de amor por su hermano mayor. Se acercó y se quedó de pie frente a él con los brazos cruzados sobre el pecho. Nunca estaba segura de cuánto tiempo seguiría siendo cariñoso con ella. Se quedó quieta y le miró. Él alargó la mano, la puso encima de su cabeza y la hizo girar en redondo. ¡Fue algo bonito!

—¡Soy una peonza! —exclamó ella.

Él siguió haciéndola dar vueltas y Camy empezó a reírse como loca.

Pronto, empezó a marearse y tuvo que parar. Se dejó caer al suelo y se sentó allí quejándose:

—Oh, mi cabeza, Andrew. ¡Casi me dejas sin cabeza!

Y después, sin saber por qué, pero quizá pensando que estaba ayudando a Andrew a salir de algún apuro, se le ocurrió contarle todo a su madre.

—No era Andrew, ¿sabes? —empezó—. Era Richie el de las botellas. Andrew no tenía ninguna.

Su madre dejó el trabajo y se volvió, al mismo tiempo que Andrew se levantaba de un salto.

—¡Estúpida...! —empezó Andrew. Apretó los dientes y miró a su hermana como si fuera realmente a matarla.

—¡Déjala! —dijo Maylene.

—No volveré a llevarte a ningún sitio —dijo Andrew.

—Andrew... —dijo Maylene.

—No me hables. ¡No te acerques a mí! —dijo Andrew.

—Andrew —suplicó Camy—, yo sólo quería...

—¡Muérete! —contestó.

Camy se echó a llorar. Lloraba con la cabeza sobre las rodillas, sin poder contenerse.

—¡Mira qué bien! —dijo Maylene—. Defiendes a un inútil y haces llorar a tu hermana.

—¡No hables de Richie!

—Hablaré de él y diré la verdad sobre él siempre que quiera —dijo Maylene—. Sigue haciendo el tonto por ahí con él y acabarás igual que él.

—¡Hay que jo...! No me importa si termino como Richie. Él es quien es y no pretende nada más.

—Eso es una majadería, Andrew. Creía que eras más inteligente.

—Y yo creía que tú tendrías más comprensión con alguien que tiene problemas —dijo Andrew—. ¿Dónde está tu simpatía por el prójimo?

Maylene se quedó un momento en silencio. Camy los miraba y se limpiaba los ojos.

—No os peleéis —dijo casi en un susurro. La oyeron, pero no la escucharon. Nadie lo hacía nunca—. Me gustaría tener una radio para mí —dijo tristemente.

Maylene la miró entonces. Después se volvió a Andrew.

—Mi simpatía está donde debe estar. Pero llega un punto en que un chico ya no puede tener excusa.

—Ya —dijo Andrew—. Yo diría que tía Effie es una buena excusa.

—¿Sí? —dijo Maylene—. ¿Y cuál es tu excusa? Si no estás con Richie, estás solo. Tienes un empleo cómodo gracias a tu padre, que te paga más de lo que haces.

—La verdad es que tú odias a papá, ¿no? —dijo Andrew suavemente.

—No digas bobadas, Andrew, cómo voy a odiarle. Le conozco, eso es todo. Estoy hablando de lo que deberías hacer por ti mismo, deberías cambiar de vida e ir a la Universidad.

—¡Mamá, tengo dieciséis años!

—Dieciséis, casi diecisiete, te gradúas el año que viene. Y tienes buena cabeza, podrías estudiar.

—Vaya, así que ahora papá debería mandarme a la Universidad. Porque tú sabes que tú no vas a darme el dinero para ir.

—Gracias. Y tú sabes que yo no tengo ingresos extra de los que pueda echar mano.

—Mamá, no todo el mundo tiene que ir a la Universidad.

—Desperdiciar un cerebro es una cosa terrible —canturreó Camy. Nadie la oyó.

—No quiero que dependas así de tu padre. Hoy está aquí, pero mañana puede desaparecer para ti.

—Eso era entre él y tú, pero no entre él y yo —dijo Andrew.

Maylene miraba al suelo. Inquieta, colocó las palmas de las manos sobre el borde de la pila, detrás de ella.

—Chicos, dejadlo ya, por favor —suplicó Camy—. ¿Mamá? —Camy se acercó y pasó los brazos alrededor de la cintura de su madre, apoyando la cabeza en su costado—. No os peleéis, mamá.

Maylene pasó las manos por el pelo de Camy.

—¿Soy yo también tu niña? —murmuró Camy.

Pero su madre seguía callada, pensando en Andrew.

—Yo no voy a cenar —dijo Andrew—. Voy a salir un rato. Por la tarde no fui al trabajo y tengo que recuperar el tiempo.

—Andrew, quédate al menos para cenar —dijo Maylene.

—No tengo hambre, de verdad. Más tarde comeré algo.

—¿Qué tiene de malo mi cocina? —le preguntó ella. Pero él ya se iba.

—Y yo, ¿qué? Estoy aquí —dijo Camy—. También tienes que cocinar para mí.

Maylene suspiró.

—Ya lo sé, cariño. No me des la lata.

—Es que con Andrew te olvidas de mí.

—Camy, sabes que eso no es verdad.

—Tú sólo te preocupas de él.

—Calla, Camy, por favor. Tendrás que pedirle disculpas a tía Effie. Me preocupas cuando te escapas y haces lo que quieres.

—Yo no me escapo —se quejó Camy—. Mamá, yo sólo fui a ver a la abuela.

Maylene suspiró.

—No sé qué es peor, si dejarte vagando sola o dejarte con Andrew cuando va en la camioneta con Richie.

—No me gusta mucho que Richie venga con nosotros —dijo Camy.

—Tú fuiste hasta la fábrica; ¿le dejó Andrew allí de verdad?

—Sí. Intentó que Richie se pusiera en la fila, pero no quiso. Había mucha gente, cientos, dijo Andrew. Richie se sentó en el suelo nada más. Y Andrew le quitó la botella.

—¿Qué hizo Andrew con ella?

—Ponerla atrás en la camioneta, me parece

—dijo Camy—. Mamá, Andrew y yo fuimos mucho rato en el coche. Fue cariñoso conmigo y me dio un donut. Fue cuando Richie... ¿mamá?

—¿Qué, nena?

—¿Por qué mi padre no vive con nosotros?

—Ya lo sabes, Camy. Él y yo estamos divorciados. ¿Echas de menos a tu padre?

—Pues no sé —dijo Camy—. No como echo de menos a la abuela Tut.

Apretó los ojos con fuerza, pero no pudo detener las lágrimas.

—Camy, Camy, no llores. No sabes cuánto me preocupas. ¿Por qué no puedes venir a casa después de la escuela y no meterte en líos?

—¡Porque no hay nadie aquí! —gritó Camy—. ¡Andrew está trabajando!

—Pero sólo hasta un par de horas después de que llegues a casa —dijo Maylene—. Y tú sabes cómo entrar, comer algo y sentarte a ver la televisión.

—No es lo mismo —sollozó Camy—. La abuela Tut siempre tenía algo especial, galletas o donuts.

—Tú sabes que ya hace años que no podía hacer esas cosas —dijo su mamá.

—No, no hace tanto —gimoteó Camy—. La abuela me estaba esperando cuando venía a casa. Esperaba para verme y besarme y darme de comer.

Maylene abrazó a su hija.

—¿Tienes hambre, cielo?

—Sí. Me estoy muriendo.

—Bueno. Voy a hacer chuletas de cordero.

—¿Y qué más? —preguntó Camy, secándose las lágrimas contra el jersey de su madre.

—Vamos a ver. ¿Qué tal unas patatas asadas en el microondas?

—¿Y tostadas con las chuletas en el horno? —ya sabía la respuesta—. A Andrew no le gustan las chuletas de cordero —dijo Camy.

—Bueno, entonces que coma paja —dijo Maylene.

—¡Uuuuh...! —abucheó Camy—. Andrew sólo comerá pollo o espaguetis con carne.

—Hablas igual que él —dijo su madre.

—Es que es verdad —dijo Camy.

—¿Te imaginas que yo hiciera sólo pollo y espaguetis toda la semana?

—No —dijo Camy—. Pero a mí me gustan las dos cosas.

—Sí, pero no todo el tiempo —dijo Maylene, y suspiró.

—Seguro que Andrew fue a llevar comida a Richie —dijo Camy.

No contó a su madre, que después de que ella se fuese a trabajar, casi todas las mañanas venía Richie, tomaba tostadas y café y dormía en el sofá. Ella había prometido a Andrew no contarlo.

—¿Tienes idea de lo extenuada que estoy precisamente ahora? —preguntó Maylene a su hija.

Camy retrocedió para mirar bien a su madre. Escudriñó la cara de Maylene. Era su madre, tan bonita como un cuadro. Deseaba tener los ojos tan grandes como ella. Camy tenía los ojos pequeños, igual que su padre, decía Andrew. Ella veía raras veces a su padre. Y desde que él no vivía en la ciudad, no pensaba siquiera en él la mayor parte del tiempo. No entendía cómo alguien podía dejar a una mujer tan bonita como su madre. Divorciarse.

Abrazó fuerte a su madre y cerró los ojos. Respiró su familiar aroma. De pronto, sólo quería irse a dormir allí mismo, donde estaba. Una buena siesta. ¿Qué le había preguntado su madre? ¿Extenuada?

—No —dijo Camy—, hum-m.

# La Azulagua

## 5

Los niños decían el nombre de una forma que sonaba como «L-O-DY». Como uno, dos, tres, L-O-DY. Camy no podía llamar nunca a su prima más que L-O-DY, que, como descubrió en la escuela, se deletreaba E-l-o-d-i-e, Elodie. Nunca se le había ocurrido pensar que su prima pudiera tener otros nombres. Elodie era sólo Elodie, como Camy era Camy. Así fue hasta hacía pocos meses, cuando su madre dijo que el nombre de Elodie era Eloise Odie.

—¡Qué cosa! —dijo Camy asombrada—, yo no lo sabía.

—Probablemente es que has olvidado que lleva el apellido de su padrastro —dijo su madre.

—Quiero decir —siguió Camy—, que hay algunos que son siempre una cosa, como L-O-DY, y lo serán para siempre, cree uno. Y entonces, cambian y empiezan a ser L-OI-SE, ¡pues vaya!

—Cuando todas vosotras empecéis a salir con chicos y todo eso, seguro que L-O-DY se convierte en Eloise y tú serás Camilla.

—¿Quién iba a querer llamarnos por esos nombres tan feos? —contestó Camy—. LODY es LODY como yo soy Camy y siempre lo seré. ¿Cuándo se empieza a salir con chicos?

Su madre se echó a reír y dijo:

—Te faltan todavía unos cuantos años.

Pero ahora Camy pensaba en lo raros que eran los padres algunas veces. Ella y Elodie iban en el autobús de excursión al campo.

—Con todos los nombres que hay en el mundo —dijo a Elodie—, y los padres y madres van y eligen el peor.

Elodie asintió.

—Además, un bebé no puede decir nada —dijo.

—Estamos a merced de ellos —añadió Camy—. Me alegro de que yo sólo tengo que preocuparme de mi madre.

—Eso no importa —dijo Elodie—. Tú sabes donde está tu padre. Puedes verle, si quieres. Y nos tienes a todos nosotros, tus primos y tías y tíos y todo eso.

Pobre Elodie. Tenía que asegurarse de que Camy y su familia la incluían entre sus parientes. Bueno, realmente lo era, pensó Camy, aun cuando fuese prima en tercer grado. Había sido adoptada por la prima segunda Marie Lewis Odie cuando tenía siete semanas. Los primos terceros no eran parientes cercanos, como los primos hermanos; pero eran parientes al fin y al cabo.

«Ojalá Elodie fuese tan cercana como Patty Ann», pensaba Camy. «Ella es más amiga que esa prima hermana». De todas ellas, la única con un nombre decente era Patty Ann. Todas las niñas pensaban que Patty Ann era un nombre bonito y que sonaba bien. ¡No había derecho!

Patty Ann iba sentada delante, junto a ese chico, Larry, pero dos asientos detrás de la señora Devine, la profesora de trabajos manuales. La señora Devine iba sentada detrás de Tim, el conductor del autobús y ayudante de acampada. Camy y Elodie se sentaban cinco filas más atrás a la derecha y desde allí podían ver muy bien la larga trenza de Patty Ann cayéndole por la espalda y que ella sabía colocarse donde quería.

La miraban con cara de disgusto. Pero simulaban que Patty Ann en toda su gloria no las preocupaba.

Entre ellas y Patty Ann, Larry y la señora Devine había otros chicos y chicas. El autobús era la mitad de un autobús escolar normal.

Camy no sabía por qué estaba pensando en nombres. En realidad cuando salían al campo otras mañanas, no pensaba en nada que pudiera disgustarla. Se hubiera sentado con Elodie a gozar de la maravillosa mañana veraniega. Era estupendo levantarse temprano y prepararse a disfrutar de tantas cosas divertidas como iban a ocurrir. Las cosas que venían después de gimnasia y trabajos manuales y después de que hubieran ido a dar un paseo y descansado durante una media hora.

Todos montarían otra vez en el autobús. Irían a otra zona del Parque Nacional, por carreteras polvorientas y con tanto calor que el aire parecía vibrar ante ellos. La carretera brillaba de espejismos. Todos veían unos charcos que se borraban cuando el autobús se acercaba a ellos. Algunos niños decían que veían árabes a caballo, caravanas completas que después de conducirlos por las carreteras llegarían a su destino.

Era un lugar grande y solitario bajo el sol y el polvo. Oscuros techos pardos, caminos escondidos hasta los canalillos de agua especial por los que se pasaba antes de entrar en la piscina. Casetas de duchas, vestuarios. Frescos suelos de cemento.

Sencillamente maravilloso. Y por fin la ducha al aire libre justo antes de llegar al hormigón caliente y saltar a la formidable piscina cabrilleante, tan grande que debía de haber sido construida por gigantes, pensaba Camy. Era fantástico. Incluso les daba lecciones de natación la señorita Dayna, que parecía estar en su elemento en el agua. Tan bronceada, con aquellas piernas tan largas y tan esbelta en traje de baño. Pero antes de llegar a eso, habían comido sus bocadillos después de haberse puesto los trajes de baño. Y después Tim tocaría la guitarra y ellos cantarían con los estómagos llenos hasta haber hecho la digestión.

Ahora, en el autobús, Camy esperaba impaciente que todo eso ocurriera. Especialmente la parte de la comida y el baño. Iba en el asiento de la ventanilla. Como siempre. Elodie siempre dejaba que ella eligiera.

«Vamos a ver», pensaba Camy. Quería recordar cada minuto de la mañana. Primero se levantó. Su madre ya había dejado preparada la mochila, su comida estaba en el frigorífico y Camy sólo se preocupó de meterla en la mochila.

«Cogí el traje de baño y el gorro y los enrollé en la toalla», iba pensando. «Y cogí el peine y el cepillo para después del baño».

Todo estaba ahora allí en el autobús, dentro de la mochila.

Salió de casa a las ocho y media. Cerró bien la puerta. Allí se quedaba Richie durmiendo como un muerto en el suelo del cuarto de estar.

Andrew no había dejado a Richie dormir en el sofá porque Richie no parecía muy limpio. A Richie no le importó. De todos modos habría dormido la mayor parte de la noche en la camioneta de Andrew. La madre de Camy se había ido a las siete y media y Richie había entrado hacia las ocho. Tenía que haber visto salir el coche de Maylene.

Ese Richie... Dijo que había dejado su nombre en la lista de la fábrica, pero Camy no estaba segura. ¿Y si su madre descubría que se quedaba en casa con ellos algunas veces? Se armaría...

Apartó todos los pensamientos inquietantes. Había caminado una milla hasta la Pradera, de donde salían para el día de campo. Se llamaba así por el lugar de la mansión, decía mamá. Estaba pintada de blanco, con adornos verdes, y con habitaciones muy grandes y un porche alrededor. Ahora no vivía nadie allí. Pero antes vivía en ella el señor Harrison. Ahora sólo había oficinas que pertenecían a la ciudad.

Se habían sentado en el porche de la Pradera a esperar al autobús. Justo enfrente de ellos estaba el asta con la bandera americana moviéndose suavemente. Apenas había brisa.

Y el sol daba en el asta de la bandera y en todos los niños que junto con Camy estaban sentados en el porche. Todos con pantalones cortos y zapatos deportivos, bien peinados. Todos bien limpios para el día de campo. El cielo estaba completamente azul, lo estaba todavía, y casi parecía que el asta tocaba el cielo. En el porche las chicas estaban a un lado y los chicos al otro, y sólo un pequeño espacio entre los dos.

«Algunas veces, una de nosotras sale con un chico», pensaba Camy. «Mamá dice que nosotras no salimos a ninguna parte, excepto de casa a la escuela y de la escuela a casa, o a alguna fiesta. Porque somos demasiado jóvenes, dice. Pero no sé. Patty Ann ha salido con Larry Hughes toda esta semana. Tía Effie no lo sabe y si lo supiera asesinaría a Patty Ann. Tía Effie dice que lo mejor sería una guerra-entre-los-sexos hasta que la chica lleve un anillo en el dedo. "No te fíes de un hombre hasta que pague la boda y el alquiler de un año".»

Patty Ann y Larry se habían sentado juntos en la excursión del martes. Los chicos les habían tomado el pelo. Decían cosas feas: «Cuidado, Larry, puede vomitarte en la cara», y cosas así.

Larry se levantó de un salto y dijo: «¡Vamos fuera! ¡Vamos fuera!» y también dijo algo de pelearse, como un hombre mayor.

Todos se echaron a reír, porque, ¿cómo se puede ir fuera de un autobús en marcha? Bueno, todos se rieron, menos Patty Ann.

A los chicos les gustaba su cara, su pelo y su actitud, como lo llamaba mamá. El modo como ella se comportaba. Pero el resto, del cuello para abajo, estaba podrido-y-enfermo. Patty Ann era un verdadero palo; y tampoco iba derecha.

«Elodie y yo no salimos con ningún chico ahora», iba pensando Camy, «pero me gusta mucho ir de excursión. Algunos dicen que es aburrida y que sólo vienen los chicos que están solos. Es porque los hijos de las madres que trabajan o los que no tienen madres o los que viven en el Albergue Cristiano son los únicos que vienen a las excursiones. Y no tus verdaderos amigos».

«Bueno, tía Effie no mueve un dedo; no tiene que levantarse para ir a trabajar porque el tío Earl tiene un buen empleo como vendedor de coches. Tampoco es pobre, y deja que Patty Ann venga. Nadie pensaría que alguien como Patty Ann quisiera venir.»

«Pero yo creo que lo que quiere es estar lejos de tía Effie», pensaba Camy. «Seguro que es por eso por lo que viene al campo.»

Miraba por la ventanilla y pensaba que era la excursión del jueves. Había otra esta semana, que sería el sábado. Camy pensaba y pensaba mientras el autobús avanzaba. Pensamientos sobre ruedas.

A Camy le gustaba estar sola, pero también ir con Elodie cuando quería compañía. A Elodie no le importaba si Camy miraba por la ventanilla y no hablaba. Camy sabía que Elodie la observaba atentamente esperando que ella dijese algo para aprovechar la oportunidad. Ser amigas. O Elodie esperaba para decir algo hasta que Camy se aburría de mirar hacia afuera.

«Hace un día estupendo.»

El autobús atravesó el centro de la ciudad para llenar el depósito en la gasolinera. Los pasajeros estaban relajados, como los viajeros de un tren. Después siguieron por la calle principal, doblaron a la izquierda y se metieron en la Espina del Diablo, que era aterradora. Un juego de luces y sombras; formaba extraños dibujos cuando entraban y salían de la luz a la oscuridad, al pasar entre los árboles que había a ambos lados de la carretera.

Todas las ventanillas estaban abiertas. La brisa soplaba en la cara de Camy, le secaba el sudor de la frente y el cabello húmedo detrás de las orejas. Después sintió fresco en la cara. Cerró los ojos. Supo en qué momento Elodie se inclinó para mirarla. Camy abrió los ojos.

—¿Qué pasa, chica? —preguntó bruscamente.

—¿Vas a dormirte ahora? —preguntó Elodie.

—Estoy tomando el fresco —dijo Camy—, pero si me adormilo, mejor.

No tenía sueño. Pero quería que la dejaran en paz.

—Si voy a tu casa contigo después de la excursión, podíamos jugar o algo, ¿no? —dijo Elodie.

—Mira, no me des la lata con cuando-volvamos-a-casa. Ni siquiera hemos llegado todavía.

Elodie se apoyó en su asiento otra vez. Sabía que Camy no quería que fuese a su casa. Pero siempre preguntaba, por si acaso.

Camy se sentía incómoda cada vez que Elodie le preguntaba si podía ir con ella a casa. Incómoda al decir que no. No quería que la gente la viese con Elodie, ése era su oscuro y gran secreto. Se avergonzaba de ello. Pero se avergonzaba más de Elodie.

«Ella es pobre», pensaba Camy, y se avergonzaba de pensarlo. «Tiene que vivir mucho tiempo en el Albergue Cristiano, como ahora en verano. Y su madre allí en los lagos con una cuadrilla de emigrantes.»

Ellos permitían a Elodie salir de excursión. Camy no sabía exactamente quiénes eran «ellos», pero su madre decía que «ellos» pagaban por Elodie. Porque la prima Marie no tenía dinero para pagar, pero tampoco quería que Elodie fuese con ella a los lagos, al Norte, donde la cuadrilla vivía prácticamente en los campos desde la salida del sol hasta casi de noche.

«Ellos pagaban y ayudaban así a la familia,

para que Elodie no tuviese que ir con los trabajadores emigrantes», pensaba Camy.

—Es una buena ciudad —decía a menudo la madre de Camy. Tenía una buena Residencia para la abuela. Y consideración con los menos afortunados, como Elodie.

«Yo debería ser amable con ella», pensó Camy. «Ya lo sé. Pero, ¿qué pensarán los otros niños si viene a mi casa? ¡Ya es bastante con Richie!»

Camy se estaba poniendo nerviosa. «No es justo avergonzarse de Elodie porque es pobre y casi no tiene hogar. Pero los niños se burlarán de mí. Me verán jugando con ella, en mi jardín. Yo podría decir que sólo me encontré con ella en el centro de la ciudad, o algo así.»

«En una excursión es diferente», pensaba Camy. «Patty Ann y yo somos las mejores aquí, porque tenemos casas para vivir y cosas buenas en casa. Ella mejor que yo. Tiene vestidos preciosos.»

«Está bien ser amable con los niños que están en peor situación que nosotros.»

«¡Oh, cómo odio todo esto!»

Suspiró. Se volvió a Elodie, que estaba allí sentada sin mirar hacia afuera ni nada. Con la vista fija delante de ella. Camy estaba casi dispuesta a invitarla hoy a su casa después de la acampada, cuando Elodie señaló con un gesto hacia Patty Ann y Larry.

Camy miró. Larry había pasado el brazo por detrás del asiento. Estaba jugando con la bonita y larga trenza de Patty Ann. Después, la enrolló y desenrolló en su mano, tirando suavemente de ella. El tirón hacía que Patty Ann sacudiese un poco la cabeza hacia atrás cada vez. Larry estaba vuelto hacia ella, mirándola a la cara. Patty Ann se inclinaba hacia él. Sólo un poco. Elodie y Camy la veían sonreír abiertamente.

Su cara, o lo que ellas alcanzaban a ver, tenía una expresión soñadora.

—Me ponen enferma —susurró Camy a Elodie.

Elodie no dijo nada. Retorcía las manos en el regazo; enlazaba los dedos y volvía a soltarlos.

—¿Todavía estás loca por Larry? —le preguntó Camy, intentando hablar amablemente.

Elodie asintió, pero no levantó la mirada.

—Bah, es demasiado viejo —dijo Camy—, tiene casi trece años. Quiero decir que todavía tiene doce —cuchicheó—, pero nadie de esa edad debería ir de excursión con chicos, como muchos de este autobús, que sólo tienen diez años.

Parecía que Elodie iba a decir algo. Pero en vez de hablar, se encogió de hombros. Tenía los ojos empañados. «Todavía está enamorada», pensó Camy.

—Escucha. Puedes venir conmigo cuando volvamos —dijo—, pero yo tengo que ir a ver a mi abuela Tut antes de empezar a jugar.

—Por mí, está bien. Siempre me gustó la abuela Tut —dijo Elodie.

«Bueno, ella no es tu abuela», pensó Camy, pero no dijo nada.

Era difícil estar siempre pensando en los sentimientos de los demás. Su madre decía que ella era diferente de la mayoría de los niños porque se preocupaba de los sentimientos de otras personas.

Miró a Patty Ann. Por un momento el resentimiento hacia ella se adueñó de Camy, y un momento después sentía irritación por no ser como ella.

«¿Por qué yo no soy así de guapa?», se preguntaba. «¿Por qué ella tiene todo lo que no tengo yo? Es buena en la escuela y yo sólo a veces y no en todo. Sabe cómo hablar con los profesores para caerles bien. Y puede estar quieta y tranquila en la asamblea, cuando todo es tan aburrido. Elodie y yo nos removemos en nuestras sillas y nos damos codazos una a otra, como los demás niños. Y todos armamos bulla. ¡Pero Patty Ann no!»

«No pienses en eso. Mira por la ventana. ¡Mira! Ya estamos fuera de la Espina del Diablo. Estamos subiendo la cuesta del Parque Nacional. Lo peor de salir en coche es que se tarde tanto. Pero llegamos pronto. Vamos a rodear los bosques de la escuela. Los niños plantaron todos esos los árboles en los últimos setenta y cinco años, dice mamá. ¡Cuanto tiempo!».

Camy miraba el bosque de pinos cuando pasaban. Podían verse algunos senderos donde se habían cortado árboles para la Navidad.

En la ciudad todos subían aquí a buscar un árbol para Navidad y tomar chocolate caliente. Su madre decía que cortar el árbol de Navidad en el bosque de pinos de la escuela era una tradición preciosa.

«Se puede ver nuestra ciudad, mamá dice que no es más que un pueblo: que si fuera una ciudad, tendría que tener una cárcel; pero se puede ver nuestra "ciudad" a lo lejos desde otra colina por donde pasa el autobús», pensaba Camy. Ahora apenas se vislumbraba.

Se inclinó hacia atrás, la carretera de grava pasaba a ser una carretera asfaltada y oscura. Y ya estaban en el Parque Nacional. Señales de madera, flechas de dirección talladas en la madera. Nivel superior. Nivel inferior.

Antiguo camino de diligencias a Cincinnati. Aparcamiento, Nivel Inferior.

«¡Ahí está la señal que quiero ver! ¡Estupendo! Albergue, nivel inferior. ¡Ése es el nuestro!», pensó Camy animada.

—Está tan bonito por la mañana temprano —dijo a Elodie.

—Sí —contestó Elodie.

Estaba detrás de Camy, muy cerca. Camy se apoyaba contra ella y Elodie tenía la barbilla en el hombro de Camy. Por un momento parecieron como hermanas, mirando, sintiendo y viendo lo mismo.

—¡Me muero de ganar por llegar! —dijo Camy—. ¿Sabes lo que quiero decir?

—Sí, yo también —dijo Elodie. Las dos se estiraron para mirar hacia adelante.

El autobús se colocó en una plaza de aparcamiento. Todos cogieron sus cosas y se dirigieron al albergue de madera y piedra. Tenía alrededor una pared de piedra de cuatro pies de altura. El techo era marrón oscuro, como el interior. El albergue era largo y espacioso, con mesas largas, una parrilla en el centro y una gran chimenea vieja en un extremo. Había que inscribirse para usar el albergue.

«Nuestras acampadas lo tienen tres días a la semana», pensó Camy.

—Colocad vuestras comidas en la mesa —dijo la señora Devine cuando entraron en el albergue.

El instructor para el día de campo estaba

esperándoles allí. Era John Blockson. El señor Blockson hizo que los niños escribieran sus nombres en trozos de papel y los prendieran en los rollos de las toallas y cosas de baño. Después las guardaron en bolsas de lona. Luego, apilaron sus comidas en una especie de caja con ruedas. Tim puso las bolsas y la caja en una carretilla para llevarlos a guardar en la parte destinada a equipajes en el autobús.

¡Camy estaba tan nerviosa! Las bolsas con las cosas del baño y sus comidas irían a la próxima parada a esperarles hasta la hora de comer.

Cuando Tim volvió, tocó el silbato. No tuvo que decir lo que había que hacer, ya lo sabían. Todos se alinearon en la pradera detrás del albergue. El rocío todavía humedecía el suelo y les mojaba las playeras.

—Gimnasia —dijo el instructor. Tim servía de modelo doblándose hasta el suelo cuando el instructor no podía.

Siguieron sus ejercicios de rutina al ritmo de la música de un casete con un pequeño altavoz. Sabían hacerlo bien. Las chicas casi convertían los ejercicios en una danza al doblar las rodillas, estirarse, inclinarse a un lado y levantar las piernas. Los chicos trataban de hacerlo reciamente una especie de *break* o algo parecido. Todos sonreían o incluso reían. La señora Devine estaba sentada en una mesa de picnic sonriendo a la luz del sol. Todavía no era su turno de trabajar con ellos. Era demasiado grande para moverse deprisa.

Después de media hora, todos respiraban con dificultad. «¡Ah, qué bien este aire tan limpio!», pensaba Camy.

—¿Has visto que Patty Ann se ha retirado

antes de llegar a la mitad de los ejercicios? —preguntó Elodie.

Estaban sentadas a la sombra en torno a una de las mesas de picnic. Descansaban mientras terminaban las muñecas de panochas de maíz que habían aprendido a hacer la semana anterior.

—No me he fijado —dijo Camy—. Se cansa enseguida, creo —añadió.

—Y qué pantalón lleva —siguió Elodie—. Parece que se le va a resbalar hasta los pies, no tiene caderas.

—Da igual, L-O-DY. Vamos a olvidarnos de ella —dijo Camy.

Se olvidaron de Patty Ann, o lo intentaron. Pero siempre conseguía captar su atención. Estaba en la mesa de al lado, con Larry y otros niños. Todos a la sombra menos Patty Ann, que estaba entre sol y sombra. La luz se reflejaba en el pelo, que enmarcaba su rostro formando ondas que bajaban hasta la trenza perfecta que le caía por la espalda. Las ondas brillaban como cobre. Parecía una princesa.

«Y es como si todo el parque fuera el reino de su padre», pensaba Camy. «Bueno, ¿a mí qué me importa?»

Hasta la señora Devine eligió a Patty Ann para enseñarles a hacer cosas.

—Chicos —dijo la señora Devine—. Si atendéis un momento y miráis lo que está haciendo Patty Ann... ¡Chicos! Patty Ann, levántate y enséñales tu muñeca. Algunos de vosotros habéis tenido dificultades con los brazos. Cielo, enséñales cómo hay que coger la hoja y colocarla alrededor de un brazo. Mirad, ella forma la manga empezando como a medio centímetro desde la mano. Lo envuelve hacia arriba hasta la cabeza, ¿lo veis? Algunos habéis tenido problemas también para conseguir una cabeza bien sujeta. Patty Ann pasará dando una vuelta alrededor para enseñaros a todos lo que tengáis dificultades. Poned atención, chicos.

A Camy le había gustado la señora Devine hasta que dejó que Patty Ann anduviera enseñando cosas. Andrew había dicho a Camy una vez que lo que Patty Ann pretendía sacar de ellos era «propia estima» o algo así. Desde que todos sabían que Patty Ann era buena estudiante, ella parecía ser guía y modelo por principio. Y al convertirla en líder, ella pensaba también que lo era y tenía que ser buena en la escuela porque eso era lo que se esperaba de ella.

«Pero, ¿por qué está mal hacer la muñeca como uno quiere?», pensó Camy de repente. «Yo humedezco las hojas de la panocha durante cinco minutos, como dice la señora Devine. Pero yo quiero que mi muñeca sea como yo quiero, y no como ella dice que debe ser.»

Camy apretó los labios y la hizo a su manera. Le gustaba que la cabeza de la muñeca pareciera más bien redonda que cuadrada. Quería que los brazos fueran más largos y enlazados delante, no tiesos a los lados. Estaba hasta la coronilla de todo el asunto y de Patty Ann.

Entonces Patty Ann se acercó dando la vuelta alrededor de la mesa, en una actitud encantadora. No miró a Camy. Pero sonrió a Elodie y cogió su muñeca. Apenas se podía ver cómo trabajaban sus manos, pero se veía que la muñeca iba mejorando de aspecto. Justo delante de los ojos de Camy.

—Lo haces muy bien —dijo Elodie. Levantaba la cabeza hacia Patty Ann y la miraba como si fuese la hija de un rey—. ¿Puedo sentarme a tu lado para hacer el pelo? —preguntó después.

—Yo sé cómo hacer el pelo, mira la mía —dijo Camy.

Tenía casi terminado el pelo de la muñeca. Ataba las fibras de maíz ablandadas alrededor de la frente de la muñeca con una hebra, después echaba hacia atrás las fibras para dejar libre la cara y esconder la hebra con el borde del pelo. Era bonito aquel pelo de barbas de maíz, que podía ser rubio, rojizo o marrón oscuro, según cuando se arrancase el maíz.

Pero Elodie hizo como que no oía a Camy.

—Pues claro que puedes venir y sentarte a mi lado —dijo Patty Ann a Elodie.

Elodie se levantó y dejó el asiento junto a Camy para irse con Patty Ann. Camy no podía creerlo. Era como si Elodie olvidase lo que sentía hacia Patty Ann, lo que las dos sentían hacia ella.

Elodie se sentó al lado de Patty Ann, que tenía a Larry al otro lado. Y entonces Larry empezó a ser amable con Elodie, como lo era Patty Ann. Era como si de repente los tres fueran buenos amigos. De pronto, Elodie era uno de los centros de atención. Todos los demás en la mesa empezaron a hacer caso a Elodie.

—Mira mi muñeca, ¿verdad que está bien? —la preguntó alguien.

Camy se hacía la sorda, ocupada en su muñeca.

—Elodie, el pelo de tu muñeca tiene el mismo tono que el de la mía.

Camy tenía ganas de llorar. «¡No me importa! ¿A mí qué me importa?», pensaba.

Pero le hacía sufrir que la dejaran de lado de esa manera. Sólo había otras dos personas en la mesa, los dos eran chicos y los dos tontos. Bueno, estaba también Esther Lovejoy en la mesa. Pero ésa no contaba. Iba casi harapienta y decían que algunas veces tenía piojos. Cuando se levantaba el pelo por detrás, se le veía el cuello gris oscuro de lo sucio que lo tenía. Camy se lo había visto una vez. Y aquí estaba ella ahora, sola con Esther que la miraba por encima de la mesa con sus pálidos ojos de pez. Sólo porque Patty Ann se había llevado a Elodie.

## 6

El tiempo que transcurrió hasta que terminaron de hacer la muñeca fue insoportable. Camy seguía trabajando a su modo, pero por dentro se sentía muy mal. Antes de terminar, Elodie decidió volver con ella. Patty Ann dejó de prestarle interés, o se olvidó de que estaba haciendo pagar a Camy por lo del otro día, cuando pasó por su casa durante la tormenta. Camy le había dicho cosas muy feas y además se había escapado de tía Effie.

Patty Ann se había vengado de Camy. Después ella y Larry se levantaron y dejaron a Elodie. A continuación todos los que estaban en la mesa huyeron de la señorita Eloise Odie.

Camy lo observaba todo. Larry y Patty Ann fueron los primeros en terminar las muñecas. Después fueron terminando todos, excepto Elodie que seguía allí sentada con el aspecto de alguien a quien le han robado el corazón, para cortarlo después en pedazos y comérselo. Sus ojos grandes empañados y tristes. Camy casi sentía lástima de ella, pero no del todo. Elodie se volvió y la miró. Camy la miró a su vez. Sonrió forzadamente y después miró a otro lado.

Elodie volvió a la mesa de Camy. Demasiado tarde. Ya no serían verdaderas amigas nunca más, aunque probablemente jugarían juntas.

—¿Puedo todavía ir a tu casa después de la excursión? Me dijiste que podía ir —Elodie tenía la frescura de preguntar.

«Chica, tú tienes mucha cara», debería haber dicho Camy, pero no lo hizo. Todavía estaba enfadada y fastidiada, tenía que admitirlo.

—Deberías haber pensado antes en eso —fue todo lo que pudo decir sin que le temblara la voz.

A Elodie se le llenaron los ojos de lágrimas. Después, las lágrimas rodaron.

Camy la dejó sufrir. Quizá la permitiera venir a casa, quizá no. No tenía que decidirse ahora, después de todo.

Y luego, las cosas fueron sucediendo, una tras otra, como las letras ABC... lo mismo que siempre en los días de campo. Terminaron sus muñecas. Les dieron a cada uno una bolsa para que pusieran su nombre en ella. Les dijeron que llevaran las muñecas a casa para enseñarlas a sus padres. Sería agradable tener la muñeca para el día de Acción de Gracias. Camy olfateó el aire para ver si podía oler el frío, pero no pudo **. Estaban todavía a finales de agosto. Aún hacía calor y bochorno.

Comenzaron el paseo por el parque. La señora Devine iba siempre con ellos. La última, porque era grande y lenta. Algunas veces Tim, el ayudante, que había ido a la Universidad pero no

---

** El día de Acción de Gracias se celebra el cuarto jueves de noviembre.

terminó los estudios, venía también aunque un poco más tarde.

—¡Vamos a bajar! —gritaban los niños—. ¡Vamos! ¡Vamos!

—Está demasiado lejos, después no tendríais ganas de nada —dijo la señora Devine.

—¡Sí, sí! Nos apetece un buen paseo. Y trepar por las rocas. ¡Sí, vamos!

—No se siente capaz de moverse hasta tan lejos —murmuró Camy sin dirigirse a nadie en particular.

Elodie, a su lado, estaba sonriendo.

—Apártate, chica —dijo Camy.

No le importaba herir los sentimientos de Elodie. Era su paseo y, si la señora Devine les daba permiso para bajar, podía parecer que iba sola.

—Bueno, os dejaré bajar si me escucháis bien —dijo la señora Devine—. Vosotros los chicos, nada de hacer el burro... Tú, Larry.

—¿Yooo? —contestó Larry haciéndose el sorprendido—. Yo nunca hago nada y siempre pago el pato.

Todos se echaron a reír. En cierto modo era verdad. Larry tenía demasiada mala fama como para hacer algo abiertamente. Lo que podía hacer era poner la zancadilla a un chico en el camino de bajada y luego hacerse el inocente. Todos sabían que había que tener cuidado con él y apartarse antes de que pudiera empezar. Si se le colocaba en su sitio al principio, todos podrían contar con su ayuda en la bajada. Enseguida empezó a hacer muecas al sentirse el centro de la atención y permitió que se apoyasen en él al bajar.

Las cosas iban saliendo bien, una tras otra. Pero lo que Camy no sabía era lo rápidamente que podían cambiar. Igual que una tormenta en el campo puede venir no se sabe de dónde. Sus rayos pueden incendiar una casa justo delante de los ojos. O un día de cielo azul y despejado, podría volverse oscuro y peligroso mientras ella jugaba con los compañeros o se sentaba en un banco. Podría suceder muy deprisa. Cambiar.

«Es divertido bajar por aquí», pensaba Camy. «Tan empinado y con la tierra y las piedras tan sueltas. Raíces rotas y todo eso. Alguno se caerá, espero no ser yo. Quizá sea la señora Devine. No quiero que se haga daño», pensaba Camy, «pero sería divertido. Así podría contarles a mamá y a Andrew cómo se había caído de cabeza. Y cómo su cabeza había quedado abajo y los pies arriba. Y Patty Ann y yo corrimos a buscar ayuda, mientras Elodie cuidaba de la dolorida señora Devine.»

«O quizá fuese Patty Ann quien se caía. Se pelaba las rodillas y se torcía un tobillo. Los calcetinitos rosa todos llenos de sangre. Yo tengo este pañuelo blanco para vendarla. Patty Ann apoya la cabeza en mi hombro. Tú quédate quieta, diría yo. Dejará de sangrar en un minuto. L-O-DY, llama al 091.»

Sólo que nada de eso sucedió. Nadie se había caído. Camy supuso que eso era bueno. La mayor parte pudieron hasta correr parte del camino, deslizándose y resbalando sendero abajo en aquella ladera de la colina. Era sorprendente que todavía pudiesen bajar, pensando que al principio estaban en el nivel inferior del parque. Pero todo el lugar estaba lleno de crestas y gargantas, casi cañones, decía Andrew, y algunas de las crestas estaban muy cercanas y bajaban en picado. Andrew decía que no se piensa que el Medio Oeste tenga cañones, pero algunas veces los tiene —también había algunos en Illinois.

Bajaron hasta el río Pequeño, que se llamaba así de verdad y a todos les gustaba. Quizá porque aquí el río era muy veloz algunas veces. El río Pequeño bajaba en remolinos hacia un lugar en el centro, donde las aguas estaban quietas. Allí el agua tenía un increíble color azulado. Una especie de rarísimo color azul verdoso oscuro. Aunque muchas veces era de un azul misterioso. ¡Se contaban tantas historias sobre este lugar azul!

Andrew lo llamaba el agujero azul. Mamá decía que había estado allí y no tenía fondo. Ella lo llamaba el diablo azul. Y los chicos de la edad de Camy lo llamaban la Azulagua.

—¡Ahí está la Azulagua! —gritó alguien.

Se pararon. Camy sintió que un escalofrío la recorría al oír el nombre. Sabía todo lo que se decía de ella, pero ahora no había tiempo de pensarlo. Tenía que llegar abajo.

Elodie fue la primera en llegar. Era muy rápida y ágil. Quizá pensaba que tenía que hacer méritos porque era adoptada, o algo así. Siempre era más rápida que los otros. Elodie no resbalaba, ni tropezaba, ni nada.

—¡Es la Azulagua! ¡Todos al agua! —era Elodie haciendo una rima y gritándoles a todos los que estaban bajando aún. Estaba saltando de tal manera que parecía que tendrían que atarla.

Había arbustos, árboles pequeños a los que ellos se agarraban para sujetarse mientras bajaban. Camy no podía ver la Azulagua todavía. Era un lugar con un atractivo especial, un lugar sombrío y de aguas profundas, pero no era uno de sus lugares favoritos. Prefería las piscinas. Le gustaba flotar boca arriba más que cualquier otra cosa. Su madre solía decir que algún día ella sería una buena nadadora a braza.

Camy vio correr el agua del río Pequeño. Parecía haber subido de nivel. El agua estaba turbia y arremolinada. Algunos días se podía ver el fondo al acercarse a la orilla.

«Hoy no, seguro», pensó Camy. Con cuidado terminó de bajar, sorprendida al ver que sus playeras estaban manchadas de barro.

«El río ha crecido tanto como yo. De tanta lluvia», pensó.

Ahora podía verlo. A la izquierda no había ribera, el río llegaba hasta el borde de la ladera.

No había donde elegir. Si bajaba del todo la pendiente, estaría en el agua. Lo mismo les pasaría a los demás cuando llegasen adonde ella estaba. ¿Lo sabría la señora Devine?

Elodie había bajado del todo y estaba dentro del agua, justo al borde del río, donde el agua bañaba la colina. Un segundo después, sus playeras, con los calcetines dentro, volaron pendiente arriba. Camy podía ver la cara de Elodie haciendo muecas burlonas.

«¡Sabes que no puedes meterte en el agua!», pensó decirle Camy. Pero, ¿por qué iba a decir nada a Elodie?

Una cosa siguió a la otra, como contar las cartas de una baraja en una mesa de juego.

—¡Eh, L.O.DY, cuidado con lo que haces! ¿Tú ves lo que está haciendo? —se quejó un chico—. ¡Casi me da en los morros con un zapato!

—¡Yuuú! —gritó otro.

Todos iban llegando abajo y se reían.

Una de las playeras de Elodie había chocado con algo, rebotó y volvió a caer, dando vueltas hasta llegar al agua. Todos daban gritos.

—¡Eh-eh, L.O.DY! —abucheaban los chicos.

Sólo estaban divirtiéndose y pasando un buen día.

No podían ver aunque miraran, era lo que Camy pensaría mucho después.

Y las cosas de pronto empezaron a cambiar.

La señora Devine estaba bajando aún, muy detrás de ellos. Oían su jadeo. De repente, gritó:

—Espera, L.O.DY, Cariño, quédate quieta, quédate donde estás —jadeó más fuerte—. ¡Espera, L.O.DY., espera!

Camy pensó que siempre oiría el sonido del nombre de Elodie en la voz de la señora Devine; y probablemente sería así. Y vería aquel zapato en el agua. Todos lo verían.

—¡L.O.DY, espéranos a nosotros! ¡Espérame a mí! —era Patty Ann llamando a L.O.DY.

«Bueno, ¿quién iba a creerlo?» —pensó Camy.

Patty Ann se acercaba a Camy a pasos de gigante. Debía de querer meterse en el agua con Elodie o ser la primera justo después de ella. Camy bajó agarrándose a un arbusto. Abajo no había terreno llano donde quedarse de pie, había que meter los pies en el agua. Estaba pensando en eso cuando Patty Ann pasó a su lado con Larry pegado a sus talones.

—¡Eh, cuidado! —dijo Larry empujándola al pasar.

—¡Cuidado tú, imbécil! —dijo Camy entre dientes.

Larry se volvió a mirarla mientras bajaba despacio sin fallar un paso. Seguramente lo había oído y su mirada era una de esas de ya-me-las-pagarás-luego-niña. A Camy no le importaba.

—¡L.O.DY, espérame! —llamó Camy de repente. Su voz le pareció mezquina, indiferente. Pero era por Patty Ann y Larry.

«Elodie es mi prima también», pensó. «Patty Ann, ¡tú no vas a llevártela! ¡Es *mi* amiga!»

Su lucha por Elodie era como un sueño.

Pero ninguno de ellos se había dado cuenta de lo que significaba la caída de aquel zapato de Elodie. Lo habían visto rodar hasta el agua y les pareció divertido. ¡Perder un zapato en el río Pequeño! Era algo que Camy podría contar a mamá y a Andrew. ¿Cómo iba a volver Elodie a casa con sólo un zapato? Probablemente tendría que ir a la pata coja todo el camino, pensaba Camy.

Pero Elodie recuperó el zapato y lo lanzó de nuevo, sólo para verlo caer otra vez en el agua.

Esta vez los chicos no tuvieron tiempo de reír. Camy vio que Elodie estaba a pocos metros de donde el zapato había caído al agua por segunda vez. Se llenó de agua. Iba hundiéndose y alejándose de Elodie.

Todo parecía tranquilo a la luz del día. Allí había un río sin ribera, «¿dónde se quedarían todos ellos?», pensaba Camy.

Desde ese momento, ella no recordaba haberse movido en mucho tiempo. Observó cómo Elodie intentaba alcanzar su zapato y cómo no lo conseguía.

Algo lo atrapó y lo alejó dando vueltas. Se fue abajo. Elodie se lanzó a por su zapato. Daba saltos como un canguro, asomando sus dos patitas delanteras.

«¡Chica, chica!», pensaba Camy.

—¡L.O.DY! —llamaba la señora Devine—. ¡L.O.DY!

Ahora la llamada sonaba rara. Parecía que la señora Devine gritaba con los dientes apretados.

Oyó un ruido. Camy no sabía qué era. «Un oso», pensó sin reflexionar. Oía un golpeteo, un sonido fuerte, que bajaba hacia ella. Se agachó y se agarró a unas matas. El ruido era enorme y se acercaba. Pasó como un rayo junto a ella.

La señora Devine. Cayó al agua, fuera de control, y trató de volver gateando a la pendiente.

A Camy todo le parecía como un cuadro en movimiento. Por primera vez lo vio todo. La señora Devine, cubierta de barro y mojada, saliendo a gatas del agua. Elodie, que parecía ir hacia atrás en el agua. Estaba haciendo una especie de gran U. Había querido coger su zapato y falló. Su cara expresaba algo, pero Camy no sabía lo que era.

Miedo, eso es lo que era.

Los ojos de Elodie miraban suplicantes. Lanzaba mensajes en busca de un amigo.

«¡Elodie!»

Justo entonces, en un instante, Camy se dio cuenta de que Elodie estaba atrapada en el río. Lo vio todo.

Patty Ann. Larry estaba al pie la pendiente, con el agua hasta los tobillos y las manos en la cabeza. Parecía que estaba gritando. Todos los chicos hacían mucho ruido...

Patty Ann había dejado atrás a Larry. Iba andando hacia Elodie. Sus manos pequeñas se levantaban con elegancia hasta los hombros, como para conservarlas secas. Después, las extendió hacia Elodie.

Todos veían la cabeza de Patty Ann desde atrás. Su largo pelo arrastrándose como una cola en el agua, antes de ser demasiado pesado. Patty Ann no hacía ningún ruido.

Elodie la miraba a la cara. Camy lo veía, veía todo, como en una espiral de luz.

La señora Devine intentando salir del agua. Larry saltando arriba y abajo, sujetándose la cabeza y gritando:

—¡No, mira, mira! ¡No, no!

Patty Ann avanzando en el agua, moviéndose lentamente, a largas zancadas, las manos en alto. Se hundía más, se acercaba a Elodie. Elodie tendía las manos. Ambas intentaban alcanzarse.

Todo el tiempo, la corriente se arremolinaba en un arco desde cerca del borde de la colina hasta entrar en el río. Se curvaba como una gran lágrima.

La Azulagua.

¡Oh! Camy cerró los ojos. Ahora oía gritos a su alrededor. Los niños trepaban por la pendiente. La señora Devine estaba más abajo que Camy, agarrándose a unos matorrales y con los pies en el agua. Llamaba a Patty Ann y a Elodie con voz angustiada.

Patty Ann y Elodie se alcanzaron una a otra. Camy no sabía que había abierto los ojos. En la cara de Elodie había una mirada de paz. Era fenomenal, como si su cara fuera a estallar en lágrimas de felicidad. Elodie estaba llorando.

Camy no sabía lo que estaba diciendo Patty Ann. Pero estaba segura de que intentaba tranquilizar a Elodie. Elodie se volvió de espaldas, con la cabeza hacia la orilla. Patty Ann llevaba a Elodie cogida bajo su brazo. La conducía hacia la colina. Patty Ann nadaba con su brazo izquierdo y con los pies.

Camy lo observaba todo. Como aturdida; no perdía un detalle. Era como sí tuviera los ojos cerrados y no pudiera ver. Y, sin embargo, los tenía abiertos todo el tiempo. Sentía que estaba utilizando su propia energía para ayudar a Patty Ann y a Elodie. Ahora veía la cara de Patty Ann. No era ninguna broma el esfuerzo de Patty Ann intentando sacar a Elodie de la corriente. Elodie movía las piernas para ayudar. Estaban ahora a más de la mitad del camino.

Camy no podía creer que su prima fuera tan buena en todo y tan valiente. Se sentía orgullosa. ¡Sí!

Alrededor se oían gritos, chillidos, todos hablaban muy alto. Vio que la corriente parecía tirar de ellas. ¿Era más rápida ahora?

De repente, Patty Ann perdió la seguridad de su mirada. Nunca había sido fuerte y ahora parecía cansada. La corriente era cada vez más fuerte, tiraba de las niñas hacia el centro del río, hacia la Azulagua, ellas luchaban por alejarse de ella... Patty Ann parecía confusa y dolida.

Su mirada parecía decir: *Esta vez no conseguiré una buena nota.*

Camy quería cerrar los ojos. Pero no podía dejar de mirar. Abría la boca y gritaba, no podía evitarlo.

—¡Patty Ann! ¡Patty Ann, corre!

Patty Ann atrajo a Elodie hacia ella. Elodie estaba ahora boca abajo y luchaba aterrada. Chapoteaba furiosamente para conseguir salvarse.

Patty Ann tenía las manos en la espalda de Elodie. Las dos niñas estaban a punto de ser arrastradas a las turbulentas aguas que rodeaban la Azulagua.

Entonces Patty Ann recobró su especial expresión, la que hacía que la gente dijese que era la mejor. Lo que hacía que nadie notase que su cuerpo sólo era piel y huesos. Su cara era la más perfecta que Camy había visto nunca.

Patty Ann agarró a Elodie y le gritó algo. Entonces, Elodie se alzó a medias del agua. Al mismo tiempo, ayudándola, Patty Ann la empujó con todas sus fuerzas. Las mejillas de Patty Ann estaban rojas y movía las piernas con energía. Su cara se deformaba por la tensión. Dejando escapar una especie de furioso gemido, Patty Ann lanzó a Elodie tan lejos como pudo. Impulsó a Elodie hacia la colina, de modo que Elodie saliese lanzada hacia tierra. Todo ello logrado con el esfuerzo tremendo que estaba realizando Patty Ann.

Camy lo vio todo con los ojos cerrados, o abiertos, no sabría decirlo. Pero estaba viéndolo y rezaba para no verlo. Elodie chapoteaba para salvar su vida. Alcanzó la colina, pero la corriente la arrastró más abajo de donde todos ellos estaban. La vieron clavar las manos en la orilla, unas manos como garras. Camy pensaba que oía la respiración de Elodie cuando intentaba agarrarse a la tierra. Demasiado agotada para gritar o llorar.

«¡Salvada! ¡Ya está! No muevas ni un músculo, Elodie. ¡Agárrate fuerte!», Camy no podía pensar otra cosa. Con el pensamiento sujetaba a su prima con imaginarios alfileres salvadores.

«¡Agárrate fuerte, Elodie!». Todo lo demás fuera de la vista, fuera del pensamiento.

Cuando Camy recordó, o dejó de obligarse

a olvidar lo que podría ocurrir después, miró. No pudo verlo, pero sucedió. Dentro de su cabeza se convirtió en parte de torbellino angustioso de cielo y ladera, niños y luz cegadora del sol.

El silencio lo cubrió todo. Los dejó a todos atados a ese día para siempre. Y a Camy atada a Patty Ann.

Patricia Ann, tan bonita. Tan sola.

Su prima.

La Azulagua.

Ni rastro.

# Lo entiendo

## 7

Camy se despertó sudorosa. Respiraba con tanta dificultad que le dolía el pecho. Su madre, Maylene, tuvo que entrar a consolarla y eso la hizo sentirse avergonzada. Por la noche Camy apenas podía tragar. Tenía la garganta irritada de tanto gritar.

Su madre tenía que ir a su cuarto casi todas las noches. Así que Andrew trajo un catre y lo colocó cerca de la puerta, a metro y medio de su cama.

—Tú duérmete —dijo—, que yo vendré luego a acostarme, entraré y dormiré un rato en el catre para hacerte compañía y para que mamá pueda dormir algo, ¿de acuerdo, Cam?

—Sí, Andrew —dijo ella.

La invadían oleadas de frío, que hacían temblar su voz. Pero seguía estando tan ronca que casi no podía emitir un sonido.

Andrew venía para protegerla, pensaba Camy. Dormía casi toda la noche, pero, de todas formas se daba cuenta de cuando se levantaba él para volver a su propia habitación y a su cama mucho más cómoda que el catre. Ella estaba despierta o creía que lo estaba. Andrew no estaba allí. Patty Ann sí.

Estaba sentada en el catre, mirándola. Con su rostro dulce, tan bello. Patty Ann. No vestida con su ropa de campo, como estaba en aquella fatídica hora, sino vistiendo algo bonito. Algo que, en la mente de Camy, era más que cualquier color. Era sólo rico y hermoso, simplemente.

—Mamá, mamá... —gemía Camy. Estaba aterrorizada y rompía a llorar como si no fuera a dejarlo nunca.

Patty Ann la hablaba. La oscuridad estallaba en pedazos. Camy gritaba. Se despertaba cuando Andrew la sacudía y su madre le ponía paños húmedos y fríos en la frente. Su madre y su hermano hablaban suavemente y le decían cosas para tranquilizarla.

—Nadie va a hacerte daño, yo te quiero —le decía Maylene—. Por favor, cariño, no te pongas así —decía sujetándola en la oscuridad.

—Cam, tú no tienes que culparte de nada. No es culpa tuya, no es culpa de nadie —decía su hermano. Le apretaba fuerte la mano. Inclinado hacia ella, Andrew se sentaba en el catre en el mismo sitio donde había estado Patty Ann.

Pero ninguno de los terrores nocturnos apareció inmediatamente después del último y horrible día en el río Pequeño. Durante la semana que siguió hubo plegarias en la iglesia y tristeza en la ciudad. Pero ella iba todavía a la escuela. Se compró ropa nueva y cuadernos en la Alameda. Los chicos estaban contentos de haber presenciado el «trágico evento del pasado agosto», como lo llamaba el señor Hardell, el director. Todo el mundo hablaba de ello con Camy y sus compañeros de excursión. Al principio, incluso a Elodie la buscaban los otros niños.

—Lo habré contado unas veinte veces hoy —decía Camy a Andrew al volver a casa—. Acabaré hablando de eso con cualquiera que encuentre en la calle.

—No te preocupes, Camy —dijo él muy serio.

—De todas maneras, no me ha afectado mucho —dijo ella tranquilamente.

Andrew parecía preocupado por ella, no sabía por qué.

Pero todo se fue acumulando y se le vino encima de golpe. Lo peor de todo era sentarse y ver aquel pupitre. Cada niño de la clase trajo una cinta de papel brillante. La profesora dijo que podía ser de cualquier color, siempre que fuera en tonos pastel. Colores suaves, como rosa o azul pálido, incluso amarillo. Si un niño pensaba en traer un color morado, pues bueno, pero tenía que ser un morado pálido. Camy no sabía dónde podría encontrarse un morado pálido. La señora Wells, la profesora, dijo que ella contribuiría trayendo tiras negras de papel crepé para hacer el borde.

Así que Camy compró un rollo de cinta de papel-crepé blanco en el almacén. Que era todo lo que tenían. Sobró la mayor parte del rollo, porque sólo hizo falta una tira larga. Camy se preguntaba qué haría con el resto.

«Me la enrollaré al cuello y me ataré al burro con ella», pensaba Camy, y se preguntaba por qué había pensado eso. En cierto modo, no se sentía bien, por dentro.

Pero tuvo que admitir que el pupitre de Patty Ann quedó bien decorado cuando lo terminaron. ¡Patricia Ann! Cuando todos habían hecho lo que la señora Wells les iba diciendo, Camy pensó que no parecía de este mundo.

—Como si Jesús fuese a sentarse en él —dijo Elodie.

Camy deseó que se le hubiese ocurrido a ella decir eso, aunque los chicos se reían disimuladamente y miraban con desdén a Elodie. Porque todos los niños estaban de acuerdo, aunque no lo dijeran. Camy estaba segura. El pupitre era ahora como un lugar sagrado. Les asustaba un poco, porque sabían que nadie en la tierra era lo bastante bueno para sentarse en aquel asiento.

El pupitre parecía celestial. Era como una oración —*si me muriese antes de despertar*— de todos los niños. Ninguno en la clase de Patty Ann había asistido al funeral.

Sin embargo, a Camy le empezó a doler la cabeza de ver todo el día el sitio vacío y decorado. Un par de días después muchos niños enfermaron del estómago. Quizá fuera la gripe revoloteando de uno a otro. Quizá no.

Camy se quedaba en casa algunos días.

—No puedo ir a la escuela —le dijo a su madre—. Tengo el estómago revuelto...

A Camy le pareció que Andrew y su madre cruzaban largas miradas. Pero ella tenía que estar mucho tiempo con los ojos cerrados. Le dolía la cabeza todo el tiempo. Se sentía como si estuviese flotando y, cuando miraba la televisión, le parecía verla a través de una nube.

Su madre dejaba de ir al trabajo la mitad de los días para estar en casa con ella. Una vez, Maylene fue también a la escuela. Vino a casa y se lo contó a Andrew. Camy estaba echada en el sofá tapada con su colcha y lo oyó todo.

—¡Vaya una idea! —dijo Maylene—. Les dije que el pupitre de Patricia Ann no debía haberse convertido en el centro de una fiesta de disfraces. Los niños pequeños sentados alrededor con sus mejores trajes y tomando galletas y ponche. Todos mirando al pupitre. ¿Puedes creerlo? No me extraña que todos se pongan enfermos. Y han pasado ya diez días.

—Helen Wells me dijo que Effie Lee había estado también hoy allí —siguió contando Maylene—. Dice que mi hermana pensaba que ese montaje había sido un detalle de los niños. Teniendo en cuenta que ninguno de ellos había intentado salvar a su amada hija, cuando hacer algo especial y valiente podía haber significado algo, dijo Helen que eso es lo que dijo mi hermana. Y dijo también que mi hermana dedicó algunas escogidas palabras al único adulto que estuvo presente aquel día. Es decir, a la señora Devine.

—Dicen que la señora Devine va a irse de la ciudad —la voz de Maylene sonaba ahora más seria, menos indignada, al decir que habían hecho la situación muy incómoda para la señora Devine. Hablaban incluso de que era grande y gorda. Dicen que fue cobarde por no intentar siquiera llegar ella misma hasta Patty Ann.

Fríos temblores recorrieron los hombros de Camy, bajando por su espalda. Sentía cómo Patty Ann se acercaba al sofá.

—Telefonean por la noche a la señora Devine y la llaman estúpida y cosas peores —dijo su madre—, por permitir en primer lugar que esos niños se acercaran al río.

Entonces las cosas empezaron a ir cada vez peor para Camy. Ella había pensado que el nuevo curso, con sus nuevos vestidos y todo eso, iba a ser estupendo para ella. Sin embargo, las cosas fueron mal. Pero no tan mal como a Eloise Odie.

Naturalmente, la maldad de la gente empezó a fijarse en Elodie, a la que Patty Ann había salvado. Después de que ella y Camy y sus compañeros de clase decoraran el pupitre de Patty Ann, Elodie empezó a consumirse. Cuando Camy se animó a ir a la escuela después de un tiempo, la encontró verdaderamente cambiada.

«Siempre ha sido una chica extraña, de todos modos», pensó Camy. Pero ahora, Elodie había dejado de comer. Su cara era inexpresiva y gris. Perdió mucho peso; estaba tan flaca como Patty Ann. Vagaba por allí en un estado lamentable. Y se esforzaba igual que lo había hecho Patty Ann.

Los chicos decían que el fantasma de Patty Ann había visitado una noche a Elodie y se había metido dentro de ella. Los chicos dejaron de hablarla, no se sentaban cerca de ella. Echaban a correr cada vez que ella se acercaba. La señora Wells lo estaba pasando mal. Algunos niños gritaban y vomitaban cuando Elodie entraba en clase.

Camy no sabía lo que pasaba ni cómo evitarlo. Pero también ella sentía dolor de estómago cada vez que miraba a Elodie. Se fue a casa y se quedó allí.

Patty Ann empezó a venir a la habitación de Camy por las noches *«Hola, enemiga»*. Camy gritaba. Sabía que Patty Ann estaba tratando de meterse también dentro de ella.

—Y lo peor de todo es que Effie está haciendo todo lo posible porque los niños no lo superen —dijo Maylene—. Grita y se desmaya y se tira de los pelos en público. No quiere que lo olviden.

Estaban en la cocina. Aunque hacía calor para ser otoño, Maylene había envuelto a Camy en una manta, porque Camy se quejaba de frío. También ella sentía frío, comentó su madre.

Camy, bien arropada, estaba sentada en el regazo de su madre. Tenía la cabeza apoyada en el hombro de Maylene y la cara escondida en su cuello.

Andrew también estaba allí. Siempre estaba por las tardes, desde que ella se había puesto enferma.

—Entró dando por seguro que el pupitre estaría aún decorado y hace ya más de tres semanas —dijo Andrew. Hablaba de tía Effie—. Siempre se las arregla para llegar cuando la señora Wells está en el cuarto de profesores, comiendo. Entra en la escuela sin más.

—Bueno, lo mejor sería que empezaran a cerrar las puertas para librarse de ella, si quieren que los niños dejen de estar histéricos —dijo Maylene—. De todas maneras, no deberían dejar la escuela abierta. Tal como está el mundo, puede suceder cualquier cosa.

Maylene y Andrew pensaban que Camy estaba dormida. Hablaban en voz baja, para no molestarla. Ella se daba cuenta de eso. Estaba más dormida que despierta, o a medias. La mayor parte del tiempo a medias, febril.

—Además —continuó Maylene—, fue mi propia hermana, Effie Lee, quien empezó con ese horrible asunto acerca de que el espíritu de su Patricia Ann había entrado en L.O.DY.

Las palabras iban y venían como ráfagas de polvo. Una de las ráfagas llevaba escrito «entrar en mí». Camy se quejó.

—Yo nunca quise que se muriera.

—Calla, nena.

—¿Dije eso?

—Sí, pero calla. Nadie te culpa.

—Pero culpan a L.O.DY. —se quejó Camy.

—Esa pobrecita niña... Como si no tener una familia no fuese bastante. Además, tuvo que ser salvada por la niña más querida y envidiada de la ciudad, que se ahogó en su lugar.

Camy no sabía cómo se enteró. Se sentía siempre como en un sueño. Y en el sueño, Elodie se iba de la ciudad. La madre de Elodie venía a llevársela y Elodie tenía que ir a trabajar como jornalera en el campo, con su madre. No se quedaría nunca más en el Albergue Cristiano. Y no era un sueño, después de todo. Era realidad.

—Horrible —decía su madre—. Dios mío, si yo pudiera traerla aquí, lo haría. Pero no creo que a Camy le hiciera ningún bien. Sería como revivirlo todo otra vez.

—Y aún lo tiene todo muy presente —dijo Andrew—. Si Camy pudiera recordar haber visto hundirse a Patty, yo creo que eso sería el final.

—¿Tú crees, Andrew?

—Seguro. Si admitiese que vio ahogarse a su prima, entonces admitiría que Patty se había ido para siempre.

—¡Yo nunca lo vi! ¡No lo vi! ¡No lo vi!

—Está bien, Camy. Haberlo visto no te convierte en culpable.

—No lo vi, nunca lo vi. No lo recuerdo.

—Andrew, déjala ya —dijo alguien.

—¿Quién es?

—Cam, es papá, que viene a verte.

Y a partir de entonces, durante largo tiempo, Camy se quedó como una silla de madera contra la pared de una habitación vacía. Le pareció que había dormido durante días y días. Comía un poco. Una cucharada de papilla de avena, medio huevo frito. Le dieron chili, que le gustaba. Comía un plato lleno cada vez que se lo daban.

Había alguien muy fuerte sentado en el lugar de Patty Ann. Alguien venía a la hora de comer y por la tarde, hasta que Maylene volvía a casa.

—Debería estar en la escuela —dijo alguien.

—No es necesario que te quedes con ella. Andrew se quedará —dijo su madre.

—No es eso lo que yo quiero decir, sino que mejoraría más deprisa si tuviera otras cosas en qué pensar.

—No, mientras mi hermana siga con el mismo tema.

—Andrew dice que ya no la dejan entrar.

—Sí —dijo Maylene—. Y me pregunto qué hará ahora. Han pasado seis semanas.

Camy se despertó y el hombre estaba balanceándola en la mecedora. Sus piernas eran tan largas que casi tocaban el suelo.

—No soy un bebé —le dijo ella.

Él sonrió. Pero ella se levantó. Se quedó allí, dándole la espalda y mirando por la ventana. Alguien estaba allí fuera curioseando. Después ese alguien empezó a gritar y a golpear en la puerta.

—Tía Effie —dijo Camy por fin—. ¡Mamá, mamá!

—¿Qué pasa? —su madre entró en el cuarto de estar.

—Es tu hermana —dijo el hombre.

—¿Eres mi padre?

—Sí.

—¿Quieres que vaya yo a detenerla? —dijo el hombre a Maylene.

—Mejor tú que yo —dijo la madre de Camy—. No sé qué haría si pierdo los nervios.

Camy oía lo que estaba diciendo tía Effie, no escuchaba, pero dejó que entrara en ella junto con Patty Ann.

—¡Nadie va a olvidarlo! —gritaba tía Effie—. ¡Nadie va a olvidarlo! Tú crees que porque L.O.DY. Se ha ido..., pero mi hija no se ha ido. Está en esta casa. No vais a olvidar lo que habéis hecho. Ninguno de vosotros lo olvidará.

Su padre salió a la puerta.

—Lárgate de aquí ahora mismo —dijo el hombre, su padre—. Y deja a la niña en paz. No ha hecho nada.

Y entonces tía Effie soltó todas las cosas que Camy había hecho a Patty Ann, especialmente aquel día de lluvia, cuando Camy salió corriendo de casa de tía Effie.

—No quiero oírlo. Sólo es una niña —dijo su padre—. Todo ello son niños. Tu error es mezclarte en sus niñerías. Todos nosotros te compadecemos por la terrible pérdida. Créeme. Pero eres una mujer adulta. Pórtate como tal.

Effie Lee gritó:

—Pero ellos quieren olvidar. ¡No me dejan nada!

—Si no te vas ahora mismo, llamaré a una ambulancia para que te lleve al hospital —dijo el hombre que era el padre de Camy.

Por su parte, Maylene llamó a Andrew, que trajo a Richie. Richie no había bebido desde que su hermana pequeña murió.

—¿Mamá? —dijo—. Vamos, mamá, déjame llevarte a casa.

Eso pareció tranquilizarla un poco. Pero continuó llorando. Después se alejó por la acera.

—¿Por qué está mi padre aquí? —quiso saber Camy.

—Para ayudarnos —dijo Maylene—. Yo no podía quedarme todo el tiempo. Y él quería venir a verte.

El hombre volvió a entrar en la casa. Ahora, el único ruido estaba dentro de la cabeza de Camy. Él se sentó en la silla. Ella estaba de pie al lado de la vieja mecedora, moviéndola con la mano. Se preguntaba si Patty Ann estaba sentada en ella. No lo creía; no podía verla allí. «Pero nunca se sabe», pensó Camy.

—¿Te encuentras bien? —preguntó el hombre.

—Tú eres mi padre —contestó Camy. Y pensó: «Todo va mal», pero había cosas que ella no decía.

—Siento que no hayamos tenido oportunidad de conocernos. Ha sido culpa mía —dijo él, y sonrió.

«Un hombre grande y rubio», pensaba Camy. «Pelo claro, piel clara. Camisa clara y pantalones caqui. Zapatos de ante marrón claro.»

—¿Por qué nos dejaste a todos? —le preguntó curiosa. Miró hacia la puerta por la que había salido su madre. Llegaba olor a comida desde la cocina.

—¿Qué?, ¿quieres decir por qué nos separamos tu madre y yo? Bueno, yo la culpaba a ella, creo, y ella me culpaba a mí. De cualquier manera, no podíamos continuar.

—Yo sí tengo culpa —murmuró Camy.

Un momento después, las lágrimas rodaron por sus mejillas. Se acercó al hombre y apoyó la cabeza en su hombro.

—Te he hecho llorar, Camy, lo siento.

No. Ella intentaba no llorar, pero su cara estaba cada vez más roja y su cabeza se movía por las convulsiones que agitaban su cuerpo. Todo era tan horrible y tan triste.

El hombre comprendió lo que le estaba pasando.

—Ya sé lo que piensas —dijo—. Que a menudo hacemos daño a lo que más queremos.

—Pero yo no quería hacerle daño. Es culpa mía, ¡pero no era mi intención!

—No, no, Camy. Tú no hiciste nada. Fue un accidente.

—No lo fue. Ella quería que yo me arrepintiera. ¡Y me arrepiento!

Camy lloraba y lloraba.

Él la abrazó, le acarició el pelo.

—Eres mi hija, y yo que soy tu padre te aseguro que no tienes que culparte. Ningún niño se ahoga para hacer daño a alguien.

Por fin Camy dijo:

—Yo creo que Patty Ann lo hizo para su sufriésemos por ella.

—No, Camy, no lo creo. Creo que fue un accidente.

—Tú no viste su cara —dijo ella. Después se tapó los ojos. Ya no podía seguir de pie.

—Maylene —llamó él.

Su madre vino y la levantó en brazos. Le costaba subir con ella la escalera.

—Yo la cogeré —dijo él.

Maylene no quiso, Camy se agarraba a ella desesperadamente. Odiaba subir las escaleras para estar sola en su habitación. Sucedían cosas horribles en su habitación ahora.

A Camy le parecía que solamente vivía algún rato al día. Retratos e instantáneas. Recordaba algunas cosas. Por fin, se sintió lo suficientemente bien como para volver a la escuela. Pero antes de volver, sucedieron dos cosas.

## 8

Salieron a dar un largo paseo en coche. Ella, su madre, Andrew y el hombre que era su padre. Su padre conducía el coche. Andrew se sentaba delante a su lado. Maylene y ella iban en el asiento de atrás. El coche era de su padre. Por dentro era precioso. El asiento era blando como una nube. Camy acarició la peluda tapicería.

No preguntó adónde iban. Andrew se volvió en el asiento y dijo:

—Vamos a ver a tu prima.

Camy agachó la cabeza y cerró los ojos.

—Andrew, por Dios —dijo su madre—. Vamos a ver a L.O.DY., cielo. ¿No te alegras?

Camy no contestó. Se alegraba de que fuera Elodie la prima a quien iba a ver. Una niña jornalera emigrante. Había oído eso en algún sitio. Pero Elodie no era eso realmente. Elodie era alguien con parte de una persona dentro de ella. Igual que Camy tenía otra parte de esa misma persona dentro de ella.

Al llegar, pararon frente a una casita. A Camy no le pareció demasiado de emigrantes. Era una ciudad pequeña. Según parecía, la madre de Elodie viviría allí hasta la primavera. Al ver a Elodie después de tanto tiempo, algo despertó en la mente de Camy. Sentía qué era más ella misma de lo que se había sentido en semanas.

En la casa hacía un calor sofocante, aunque fuera el día era fresco. Así que se sentaron en un banco de madera en la parte de atrás. Había un patio estrecho sin hierba, con un suelo duro. Había una cuerda para tender la ropa sin nada colgado. Era domingo por la mañana cuando llegaron, a la hora de ir a la iglesia. Por eso todo estaba silencioso alrededor de las casas, todas iguales a la de Elodie.

—Tienes buen aspecto —dijo Elodie a Camy.

—Tú también —contestó Camy.

Elodie llevaba vestidos nuevos que seguramente le habían regalado. Las dos iban endomingadas, aunque no iban a ir a la iglesia.

—¿Qué tal por la escuela? —preguntó Elodie.

—Bien, creo. No he ido mucho —dijo Camy.

—Yo voy muy atrasada porque trabajo —dijo Elodie—. A lo mejor ya no estudio más.

—Trata de seguir hasta el final —dijo Camy. Ella misma se asombraba de decir una cosa así.

—Bueno, quizá —dijo Elodie.

—Estás mucho mejor, ¿verdad? —dijo Camy.

—Me dan todas las patatas y judías que quiero —dijo Elodie muy seria—. Recogimos muchas manzanas y me gusta mucho la compota que hace mi madre. En el Albergue Cristano nos daban lengua de vaca. Me hacía vomitar.

—¿Este otoño? ¿Recogéis muchas manzanas ahora? —preguntó Camy interesada.

—Sí.

—¿No te importa trabajar recogiendo fruta y cosas así...?

—No, no me importa —dijo Elodie después de una pausa—. Estoy con mi madre y sus amigas. Hay algunos niños más, pero son todos muy brutos y yo no voy con ellos. Hay un sitio para jugar y nos dejan ir si nos portamos bien. Me quito los zapatos y voy descalza por aquellos suelos tan lisos. Otro niño y yo nos portamos bien y podemos ir. Aunque yo no me acerco al agua. A los arroyos y cosas así.

—Claro...

—Los chicos se ríen de mí porque soy jornalera. Se ríen de mí y de mi madre —explicó Elodie.

—Deberían avergonzarse —dijo Camy.

Descubrió que le importaba Elodie, que la quería mucho. Le gustaba mirarle la cara. Era por la manera especial de mirarla, como si mirara dentro de ella, deslizándose muy profundamente a través de sus ojos, que eran brillantes y negros. Camy no creía haber mirado antes a Elodie tan atentamente. Era Elodie la que la miraba a ella. Está bien tener otra vez una prima a la que se puede mirar de frente, decidió Camy.

Antes de marcharse, después de comer y charlar con la madre de Elodie en la pequeña cocina, Elodie dijo a Camy:

—Estoy muy bien.

—Yo también —dijo Camy, aunque sabía que no era verdad. Se sonrieron tímidamente—. Espero que puedas venir a casa el verano que viene —añadió Camy.

A Elodie le temblaba tanto la barbilla, que no pudo hablar.

—No fue culpa tuya —dijo Camy por fin—. Ella quiso salvarte y te salvo.

Elodie asintió.

—Pero yo pensé que ella se salvaría también —dijo.

Se cogieron del brazo y dieron una vuelta alrededor de la casita. Eran como auténticas amigas.

—Vendré a verte alguna vez, si puedo —dijo Camy.

—Muy bien —dijo Elodie.

—Yo la vi hundirse —dijo Camy al final—. Les dije a todos que no lo vi, pero no fue así. Era sólo... que no podía creer que estaba sucediendo. Me miraba a mí.

—Nos miraba a todos —dijo Elodie.

—¿Estás segura? —preguntó Camy.

—Estaba mirándonos a todos. Yo miré hacia atrás y la vi. Ella sabía que estábamos demasiado lejos para ayudarla —dijo Elodie—. Entonces nos perdonó.

—¿Estás segura? —dijo Camy otra vez.

Elodie asintió.

—Mamá lo dijo. Mamá dice que ahora ella está con Jesús.

Un poco más tarde Camy y su familia se fueron a casa. Antes, Camy vio cómo Elodie miraba a su padre. Camy se agarró a su mano sólo parta demostrar lo que él era para ella. Él apretó su mano, se agachó y la besó en la cabeza delante de todos. Camy se miraba los zapatos. Pero qué orgullosa se sentía de tener a este hombre tan alto que era su padre. El hombre rubio.

Camy olvidó casi todo antes de estar a medio camino de casa. Aunque lo recordaría en los días siguientes. Pero por ahora, las cosas iban y venían en su mente. La noche y su habitación estaban siempre en el fondo de su cabeza.

Se acordaba del largo viaje a casa en el que ni ella ni Elodie habían mencionado el nombre de Patty Ann. Pero sacara quien sacara el tema a colación, las dos sabían al mismo tiempo de quien estaban hablando. Pedazos de recuerdos, instantáneas. Camy no podía retener nada por largo tiempo. Tenía dentro un gran agujero vacío, le dijo una vez a Andrew. Ella había estado echada en el sofá. Ahora se echaba a menudo, lo prefería a su propia habitación. Evitaba ir a su habitación todo lo que podía. De vez en cuando se despertaba y Patty Ann estaba sentada en el catre, pero no con tanta frecuencia como antes.

—Andrew, llévate el catre de aquí —le dijo a su hermano en cierto momento.

Él lo sacó esa misma noche. Y esa noche durmió de un tirón hasta poco antes del amanecer. Se despertó y pensó que había visto a Patty Ann salir de la habitación. «*Adiós, enemiga*».

«*No me asustas, chica*», era lo que Camy pensaba que diría a su prima muerta, si pudiera. Pero nunca lo dijo. Sin embargo, tenía el valor de pensarlo en sueños. Volvía a ser valiente como antes. Soñarlo le hacía sentirse mejor.

En cierta ocasión Camy estaba echada en el sofá, ya medio despierta, pero todavía adormilada. La televisión estaba encendida y había un serial. A ratos la miraba. A veces le dolía el vientre. Llamaron al médico porque a su madre pensaba que podía ser el apéndice. Vino y dijo que no, no era nada de eso. Sólo un malestar, provocado por cualquier cosa.

«Menudo malestar», pensó Camy.

—Yo no creo que se recupere nunca —había dicho Andrew.

Ella habría querido decir: «Oh, cállate», pero se encontraba demasiado mal para decir nada.

Mucho tiempo después, sucedió la segunda cosa.

Oyó un sonido que no pudo identificar. Oyó las voces de su hermano y su padre que transportaban algo con mucho esfuerzo. Después oyó algo que parecía rodar suavemente. Se sentó antes de estar despierta del todo, pensando que estaba en su habitación. Creyó que Patty Ann estaba allí. Pero cuando abrió los ojos, todos estaban sonriendo.

—¿Ves? —dijo mamá, Maylene.

Todos estaban en el cuarto de estar, Camy sentada en el sofá.

—¿A que no te lo esperabas? —dijo Andrew.

Su padre sonreía de oreja a oreja.

—¡Una gran sorpresa para ti! —dijo Maylene—. Y en casa para cenar. ¡Lo vamos a pasar estupendamente!

Camy, allí sentada, miraba y miraba. No podía hablar, no se daba cuenta de nada. Todos aquellos retazos de recuerdos daban vueltas como en un remolino. Era como si una parte de su vida hubiera pasado y ella hubiera olvidado todo acerca de ella hasta que, de algún modo, había vuelto. Sería espantoso si Patty Ann saliera de la Azulagua.

Y ahora Camy recordaba. No podía creer

que lo hubiese olvidado por completo, pero así había sido.

—¡Te engañé! —pió la abuela Tut en su silla de ruedas. Había entrado y se había quedado allí con los ojos cerrados. Los abrió justo en el momento de hablar a Camy. El viaje había sido duro para ella. Pero lo había hecho para ayudar a su Camy. Le habían contado todo lo que pasaba.

—Pobre niña —había dicho la abuela Tut.

No habían pensado en traerla, sino en llevar a Camy a verla.

—No —había dicho ella—, la niña tiene que ver que soy yo la que va hasta allí.

Y así lo hizo. Había sido trabajo complicado: lavarla y vestirla; sentarla cómodamente en una silla de ruedas; meterla a ella y a la silla en la furgoneta de la Residencia, con Maylene a su lado para tranquilizarla. Y después, sacarla del coche para llevarla a ver a Camy.

¡Señor!

Camy se levantó del sofá y se acercó a su adorada abuela.

—¡Abuela, abuela...! —murmuraba desde lo más profundo de su corazón. Se acercó tanto como pudo y se inclinó para estampar un beso suave y cariñoso en la hundida mejilla de la abuela Tut. El pecho de Camy estaba lleno de amor y sus ojos también—. ¿Has hecho todo ese camino? —murmuró—. ¡Sólo para verme!

Los temblorosos brazos de Tut rodearon a Camy. Su respiración sonaba como un seco chirrido. Y sus dedos semejaban hojas marchitas y secas. A Camy no le importaba la piel áspera de la abuela. Siempre le había gustado el invierno y las hojas caídas en la nieve.

—Señor —jadeó Tut—, estoy agotada. Vamos a la cocina. ¡Hay que hacer esa comida!

—Bueno, madre, tenemos tiempo. Puedes descansar un poco. ¿Quieres echarte? —preguntó Maylene a su madre.

—Sólo necesito estar sentada un minuto, eso es todo —Tut hizo una pausa para respirar—: Mi niña, mi niña...

Cogió la mano de Camy, le dio unas palmaditas. Cuando tocó a la niña, pareció como si el calor del verano recorriera sus manos. Como cuando la brisa hinchaba y levantaba sus cortinas con la luz y el calor del día.

—Podría haberme muerto. Me has olvidado, durante todo este tiempo, ¿no es verdad? —le dijo a Camy cuando fueron a la cocina.

Ya no había bromas entre ellas, Camy le contó la verdad.

—Fue todo tan horrible, abuela.

—Cuéntamelo —dijo la abuela.

—Abuela, no te me mueras tú también —lloriqueó Camy.

—Camy, ya está bien —dijo Maylene.

Andrew entró cargado de comestibles. Los puso sobre la mesa y Maylene empezó a colocar el contenido de las bolsas en los estantes. El padre de Camy entró y se dirigió amablemente a la abuela Tut.

—¿Tú le conocías? —preguntó Camy.

—Le conocí antes que a ti —dijo la abuela.

Camy estuvo mucho rato pensando sobre eso. Se sentó muy cerca de la silla de ruedas de la abuela. Tenía las manos unidas en el regazo y las rodillas muy juntas. No quitaba los ojos de la cara de su abuela. Se «bebían» mutuamente.

La abuela descansó y bebió algo antes de ponerse a hablar con Camy. Aunque todos estaban por allí y se sentaban de vez en cuando a la mesa con ellas, nadie molestaba o se mezclaba en lo que estaban hablando.

La abuela acarició el pelo de Camy.

—Es bonito —dijo. Camy no se movía y dejaba hacer a su abuela—. Tienes la boca de tu padre, ¿sabes? —decidió de pronto—. Dame un poco más de esa manzana —pidió a Andrew. Estaba muy cansada y le temblaban las manos.

Andrew preparó el zumo de manzana para la abuela Tut, y le puso pajita. Camy sujetaba el vaso para que pudiera seguir descansando. La abuela se lo bebió.

—No creían que yo pudiera llegar hasta aquí... pero lo hice —dijo a Camy. Tragó, respiraba muy deprisa.

—¿No estás demasiado cansada? —preguntó Camy.

—¡Dios mío, no! Un día... me dormiré para siempre, ¡igual que tú!

Camy pensó en ello. Pensó en Patty Ann, pensó en siempre y suspiró.

—Mi prima murió —le dijo a la abuela Tut, como si ella no lo supiese.

—Sí —dijo Tut—, una cosa terrible. Sencillamente espantosa —hizo una pausa para descansar, y continuó—: Un día, miras a tu alrededor... y todos los que conoces se han muerto. Me ha sucedido a mí. Sucede si vives... demasiado tiempo.

Sonrió a Camy. Pero Camy estaba escuchando intensamente, no tenía tiempo de sonreír. Maylene se mantenía apartada. Camy sabía que estaba allí, pero Maylene nunca interrumpía. Aun cuando la abuela Tut pudiera sorprenderla con lo que decía.

—La niña de Effie ha muerto —dijo Tut—. Demasiado pronto, sí, demasiado pronto. En cambio, *yo* ¡demasiado tarde! —rió.

Pero se volvió a mirar seriamente a Camy.

—Tienes que acabar con eso —dijo—, hemos de dejarlo atrás... hay que ir hacia adelante.

Se detuvo para respirar, más despacio, eso le pareció a Camy. Tener que hablar con alguien siempre ayudaba a Tut a encontrar las palabras.

Camy se acercó más a la abuela y puso sus manos sobre las de ella en los brazos de la silla.

—Yo la vi hundirse. La Azulagua la hizo desaparecer de la vista. ¿Dónde está ahora, abuela? —le había estado preocupando eso.

—Bueno —dijo la abuela; hizo una pausa—. Su cuerpo está, en algún sitio por allá abajo... supongo —dijo—. Nunca volverá.

Maylene contuvo la respiración. Camy oyó la voz de su padre.

—No —le dijo a Maylene—, no te mezcles. Es mejor...

—No volverá —dijo Camy.

—No, niña —dijo la abuela—. No tienes por qué preocuparte. Has estado soñando, eso es todo. Te asustabas tú misma. No lo hagas nunca más. Ella se ha ido.

—Vivimos, morimos —Tut sonreía mirando al vacío, casi soñadoramente. Justo cuando Camy empezaba a pensar que se había desmayado, su abuela dijo—: Ruega para que no sea difícil. A veces lo es, a veces no —Tut hablaba despacio, pero claramente—. No es cosa nuestra... cuestionar su misterio.

Camy estaba apretujada contra su abuela, con los ojos cerrados. Su oreja y su cara contra el pecho delgado de Tut. Podía oír su viejo corazón. Latía lentamente, con regularidad. De vez en cuando oía un ligero rumor antes del siguiente latido.

«También ella va a irse», pensó Camy y sintió ganas de llorar. Pero no lloró.

—¿Qué vamos a comer? —preguntó bruscamente.

—Hay apetito... pase lo que pase —dijo la abuela Tut.

—Aquí estoy, madre, cuando quieras empezamos a cocinar —dijo Maylene.

—¿Empezar ahora? —preguntó la abuela.

—Nooo —gimió Camy, y se abrazó con fuerza a su querida viejecita, tan frágil.

—Dentro de un minuto —dijo la abuela y puso su barbilla sobre la cabeza de Camy con suavidad.

Fue un buen día para todos aquel largo día en casa de Maylene. Maylene cocinó. Andrew y el padre de Camy hicieron todo lo que Maylene les iba pidiendo. Con frecuencia, Camy sorprendió a su padre mirándola preocupado. Se sentía feliz, no sabía muy bien por qué.

—Nos hemos visto mucho últimamente —le dijo ella después de un rato.

—Se está convirtiendo en una costumbre —murmuró Maylene.

El hombre, su padre, miró a su madre. Se metió las manos en los bolsillos y miró al suelo. Maylene sonreía para sí misma.

Camy lo vio todo y le pareció como si ellos caminasen estrechamente unidos bajo la sombra de los árboles.

—Está llegando el invierno —advirtió a la abuela.

—Ya lo sé —dijo Tut—. Escucha. Toma las cosas como vengan. Concéntrate en cada cosa pequeña que pase ante ti. Sólo en una cosa cada vez. Así es como se hace. Estáte siempre preparada. Yo estoy preparada.

La comida de Tut se estaba haciendo en el horno. Ella explicó a Maylene cómo hacerla. Maylene hizo exactamente lo que la abuela Tut ordenaba. Camy observaba de cerca. Se concentró, como le había dicho la abuela, en cada detalle. Cuando Tut hablaba, Camy observaba sus labios y sentía cómo se llenaba con sus palabras. Cuando Maylene se movía, Camy iba junto a ella. Se inclinó sobre el horno, sobre la fuente ovalada de cristal que Maylene había llenado con trozos de pollo. Había pimientos amarillos y verdes. Había tomates rojos. Sal y pimienta y especias, como orégano y ajo, por encima del pollo. También agua y vino mezclados, sólo lo suficiente como para cubrir el fondo.

—Ponle pimentón para que se dore mejor —dijo la abuela Tut.

Más tarde, Maylene tuvo que añadir ketchup, vinagre y miel.

Camy vio cómo se preparaba el pollo. No pensó en nada más. Cuando la puerta del horno se cerró, dirigió su atención a otra cosa.

—Ahora, ponlo a 225 grados —dijo la abuela—. Date prisa, Maylene. Tengo que acostarme un rato.

Mientras el pollo se asaba y la abuela Tut echaba un sueñecito, Camy y Andrew prepararon la ensalada. El olor de la cebolla penetraba en la nariz y hacía llorar a Camy. Andrew humedeció un paño y ella se lavó alrededor de los ojos. Su padre salió y al volver trajo bizcocho y helado, justo un momento antes de que la comida estuviese lista.

La abuela entró en su silla de ruedas; parecía más despejada. Se sentaron a la mesa, ante la comida más deliciosa que Camy había probado en mucho tiempo.

—Igual que si estuviera frito —dijo su padre.

—Bueno, Maylene, tenías que haber añadido un poco de azúcar moreno. Lo olvidé —dijo Tut.

—Y ketchup, vinagre y miel —dijo Maylene—. Me acordé, madre.

—Bueno, te lo agradezco. Sabe muy bien —dijo la abuela.

Pero, acostumbrada a los purés, comió muy poco. Sólo algunas lonchas delgadas de pollo y salsa. Y helado. Camy mezcló un poco con el bizcocho y la abuela lo comió.

—Abuela, parece que te rejuveneces cuando duermes —le dijo Camy.

Su padre le sonrió.

—Así lo espero. Se dice que el sueño hace milagros. Lo mismo que estar en casa.

La cocina resulta pequeña, pensó Camy. Hacía calor, con todos ellos apretados alrededor de la mesa. Camy se sentía apretujada entre su padre y la silla de su abuela. No le importaba. Se concentró en comer y saborear cada bocado como si nunca hubiese comido antes. Bebió mucho té frío. Y cuando se acabó, bebió dos vasos de agua con hielo.

—Señor —dijo la abuela Tut—, esta niña está creciendo ante mis ojos.

La sobremesa fue larga. Camy comió dos

trozos de bizcocho y dos raciones de helados de sabores distintos.

—Ni siquiera en mi cumpleaños... —dijo con la boca llena.

—Me gustan los dulces —dijo Tut.

—A mí también —dijo Camy.

—A todos en casa nos gustan los dulces —dijo Andrew.

Hacia las ocho terminaron.

Camy fue con ellos a llevar a la abuela a la Residencia. Maylene llamó para pedir la furgoneta. Camy, Andrew y Maylene montaron con la abuela y el conductor. Cuando llegaron, Camy vio que su padre había ido detrás con su coche para llevarles de vuelta a casa. Pero primero acompañaron a la abuela. Los cuidadores sacaron a la abuela en su silla con una carretilla elevadora. La llevaron dentro hasta el hall, más allá del cuarto de enfermeras. Era la primera vez en mucho tiempo que Camy no entraba allí a escondidas.

Los televisores estaban encendidos en todas las habitaciones. Los que podían pasear, lo hacían en sus sillas por los pasillos. El viejo Otha apareció por allí y se quedó mirándolos.

—¿Terminaste tu pocilga? —preguntó Camy a gritos, para que pudiese oírla.

—¡Bah, chica, cállate! —dijo él, con el mal humor propio del final del día. Pero había reconocido su voz.

Camy se reía. Los viejos siempre estaban diciendo que iban a hacer cosas, pero luego se olvidaban de hacerlas.

Estuvieron en el pasillo mientras una auxiliar preparaba a la abuela para acostarse. Tardó unos quince minutos. Su padre entró y se quedó con ellos junto a la barandilla. Camy le cogió la mano y se la puso en su mejilla. De repente, ella necesitaba tenerle lo más cerca posible.

—¿Puedo ir yo adonde tú y Andrew trabajáis?

—¿Quieres ver mi oficina? —dijo el hombre.

—¿Puedo?

—Os llevaré a comer, a ti y a Andrew.

—¿Cuándo?

—Mañana. Si vas a la escuela, iré a recogerte.

—¡Estupendo! —dijo ella.

De repente, a Camy se le ocurrió una idea. «Me concentraré en ella. Nunca más habrá nadie triste. Será como algo mágico.»

Él la apretó el hombro, y un algo cálido le recorrió la nuca.

«Él será para mí igual que Andrew y mamá. Como la abuela Tut y todos los que yo quiero.»

La puerta de la habitación de Tut se abrió. La auxiliar salió, les sonrió y se fue. Entraron. La abuela estaba echada en la cama. Camy plantó un beso en la mejilla de su abuela. La abuela frunció la boca como si fuera a llorar y Camy volvió a besarla. Tut sonrió.

—¡Escucha! —murmuró Tut.

—¿Qué? —le dijo Camy al oído.

Pero la abuela estaba tan cansada, que se quedó dormida antes de pensar lo que quería decir. A Camy no le importó. No pensó siquiera «¿estás muerta y bien muerta?»

Estaba pensando: «Cuando la abuela se vaya, me gustaría morirme también. Lo mismo que

con Patty Ann. Tendré un gran agujero dentro.
Más todavía, estaré vacía del todo».

«No sé cómo sucedió todo eso». Camy suspiró. «Es horrible que la gente se muera, horrible-
mente triste. Además, nunca vuelven, nunca jamás.
Patty Ann. Sólo en las pesadillas.»

«Ahora tengo a alguien que no conocía. a
mi padre. Es tan bueno conmigo.»

«Muchas cosas. Se hunden en el agua.
Patty Ann. Y todos los sentimientos que yo quería olvidar, pero a veces vuelven. Vuelven claramente.»

De pronto, observó el pecho de la abuela
moviéndose lentamente arriba y abajo.

«Me concentraré en eso», pensó. «Alguna
vez tendrá que parar. Despertar y dormir. Y un día
no te despertarás más.»

Camy tragó saliva y respiró profundamente.

«Bueno, ten los ojos bien abiertos. Mira, mientras puedas. ¡Abuela! Te quiero mucho.
Eso es.»

«Ahora lo entiendo.»

# Índice

DE IM-
PRIMIR EN LOS TALLERES GRÁ-
FICOS DE ANZOS, S. A. FUENLABRADA
(MADRID) EN EL MES DE ENERO DE
1994, HABIÉNDOSE EMPLEADO, TANTO
EN INTERIORES COMO EN CUBIERTA, PA-
PELES 100% RECICLADOS.